琴吟

古琴诗词鉴赏

林郁 陈晓 编著

重庆大学出版社

前　言

　　琴是中国最古老的乐器之一，也是中国古代文化地位崇高的乐器。早在《诗经》中就有"窈窕淑女，琴瑟友之"的记载，可见琴从先秦时期就作为一种高雅乐器存在于社会生活之中。数千年来，有许多广为流传的故事都与琴有关，如伯牙、子期因琴曲《高山流水》遇知音，司马相如以琴曲《凤求凰》诉衷情，嵇康以琴曲《广陵散》明己志等，都是琴在中国传统文化中的缩影。

　　"君子之座，必左琴右书""士无故不撤琴瑟"，琴是古代文人精神生活中不可或缺的部分。在不同时代的诗歌作品中，琴的文化意蕴有着微妙的差别。在魏晋南北朝时期，琴常常作为高雅生活的一部分出现在诗歌作品中，如谢朓因听琴而感到"无为澹容与";唐代诗作中，琴则多与隐逸文化相关，如王绩的"从来山水韵，不使俗人闻"；到了宋代，琴的意蕴又增加了一些哲学意味，如苏轼的《琴诗》以琴阐释了妙音、妙指的哲理；明清之际，琴则成为个人高洁品行的象征，如王士祯对邝露抱琴殉国的赞美。总而言之，琴与诗在中国传统文化中一起构建了一个高洁、优雅的诗意世界。

本书选取了一部分意蕴丰富、辞藻清雅的琴诗，对其进行注解、赏析，以此阐释历代琴诗中的诗意、琴境，以期为读者展现一个高雅超妙的琴诗世界。希望本书对琴诗的选注及阐释能抛砖引玉，引起读者对琴诗及琴文化的兴趣，共同探索中国古代琴诗的艺术魅力。

目 录

拟东城一何高诗

[西晋] 陆 机

西山何其峻，层曲 [1] 郁崔嵬 [2]。

零露弥天 [3] 坠，蕙叶 [4] 凭 [5] 林衰。

寒暑相因袭 [6]，时逝忽如颓 [7]。

三闾 [8] 结飞辔 [9]，大鹭 [10] 嗟落晖。

曷为 [11] 牵世务，中心 [12] 怅有违。

京洛多妖丽，玉颜侔 [13] 琼蕤 [14]。

闲夜抚鸣琴，惠音 [15] 清且悲。

长歌赴促节 [16]，哀响逐高徽 [17]。

一唱万夫叹，再唱梁尘飞 [18]。

思为河曲鸟 [19]，双游沣水湄 [20]。

【作者简介】

陆机（261—303 年），字士衡，吴郡吴县（今江苏苏州）人，西晋著名文学家、书法家。太康十年（289 年），陆机与其弟陆云来到洛阳。二人以文才倾动一时，受到太常张华赏识，此后名气大振，时有"二陆入洛，三张减价"之说。陆机历任太傅祭酒、吴国郎中令、著作郎等职。太安二年（303 年），陆机任后将军、河北大都督，率军讨伐长沙王司马乂，却大败于七里涧，最终遭谗遇害，被夷三族。陆机"少有奇才，文章冠世"，诗重藻绘排偶，骈文也有较高的成就。他与潘岳同为西晋诗坛的代表人物，形成"太康诗风"，世称"潘江陆海"。

【注释】

[1] 层曲：重叠蜿蜒。

[2] 崔巍（wéi）：高大的样子。

[3] 弥天：漫天。

[4] 蕙叶：香草叶。

[5] 凭：依，靠。

[6] 因袭：沿袭，前后相承接。

[7] 颓：衰败。

[8] 三闾：指屈原。屈原曾任三闾大夫。

[9] 结飞辔：指驾车马疾驰远游。辔：驾驭牲口用的嚼子和缰绳。

[10] 大耋：指年纪大的老年人。

[11] 曷为：为何。

[12] 中心：内心。

[13] 侔：如同。

[14] 琼蕤（ruí）：玉制的花朵。

[15] 惠音：顺和的音乐。

[16] 促节：音调高而急促。

[17] 高徽：急促的调子。徽：曲调。

[18] 梁尘飞：形容歌声绕梁，震动灰尘。汉代刘歆所著《七略》中的典故。《七略》："汉兴，鲁人虞公善雅歌，发声尽动梁上尘。"

[19] 河曲鸟：鸳鸯一类的水鸟。河曲：弯曲的河道。

[20] 丰水湄：沣水的河边。

【简析】

这首《拟东城一何高诗》是一首拟古诗，是诗人模拟古诗十九首中的《东城高且长》一诗创作的。原诗《东城高且长》如下："东城高且长，逶迤自相属。回风动地起，秋草萋已绿。四时更变化，岁暮一何速！晨风怀苦心，蟋蟀伤局促。荡涤放情志，何为自结束！燕赵多佳人，美者颜如玉。被服罗裳衣，当户理清曲。音响一何悲！弦急知柱促。驰情整巾带，沉吟聊踯躅。思为双飞燕，衔泥巢君屋。"可以看出《拟东城一何高诗》全诗在内容、结构甚至语言表达上都与原诗亦步亦趋，但"曷为牵世务，中心怅有违"一句的加入，使得诗歌不再局限于古诗十九首中对光阴易逝的感叹或者客居他乡的游子的自伤，而是表达了作者对俗世繁冗杂务的疲惫，倾注了其内心对自由的追求与向往。相比原诗，下面"闲夜抚鸣琴"的衔接显得更加自然，而深夜抚琴所传达出来的情感也更加深沉、内涵更加丰富。

诗歌后半部分描写了作者深夜独自抚琴的景象。抚琴的情感基调在诗歌的前半部分已经有所交代——寒露漫天飘洒，香草随着林木凋落，与之相似，人也不得不接受红颜易老的事实，寒暑交替、光阴易逝，为何还要为俗事所累，违反自己的本心呢？不如起坐鸣琴，感受静夜之中琴声的曼妙。作者在诗歌中着重描绘了琴声的变化：刚开始是清新和顺的"惠音"，但随着情感的注入，琴声逐渐由绵长的音乐演变为"促节"，节奏加快的同时，音调也随之升高，转变为激烈的情感迸发。而这样情感激烈的琴声，也产生了令人心神动荡的力量——"一唱万夫叹，再唱梁尘飞"，一演奏就能使众人产生强烈的共鸣，为之悲叹；再次演奏，其力量则能震动梁上尘土，产生余音绕梁的效果。这样的琴声，让人不自觉地感叹：愿作鸳鸯鸟，远离尘世纷争，双双嬉戏于沣水的河畔。

全诗辞旨丰富，虽是拟作，但情感风骨全为己出，对琴声的描绘如现眼前，展现了作者高超的诗歌创作水平。

拟客从远方来 [1]

[南北朝] 鲍令晖

客从远方来，赠我漆鸣琴 [2]。

木有相思文 [3]，弦有别离音。

终身执 [4] 此调，岁寒 [5] 不改心。

愿作阳春曲 [6]，宫商 [7] 长相寻 [8]。

【作者简介】

鲍令晖，生卒年不详，南朝宋女诗人，东海（今江苏连云港）人，著名诗人鲍照之妹。鲍令晖擅长作拟古诗，其诗歌风格崭绝清巧。有诗集《香茗赋集》，已亡佚。现存诗歌七首。

【注释】

[1] 客从远方来：汉代古诗《客从远方来》，写离妇思夫之情。这是一首模拟古诗的作品。

[2] 漆鸣琴：上了亮漆的琴。

[3] 相思文：相思木的纹理。相思木，大木。《述异记》："昔战国时，魏国苦秦之难，有以民从征，戍秦久不返，妻思而卒。既葬，冢上生大木，枝叶皆向夫所在而倾，因谓之相思木。"文同"纹"，指纹理。

[4] 执：弹奏。

[5] 岁寒：寒冬，比喻困境。

[6] 阳春曲：古琴曲名。

[7] 宫商：古代琴曲分为五声音阶：宫、商、角、徵、羽。宫、商是其中的两个音阶。

[8] 相寻：接连不断，相辅相成。

【简析】

这是一首拟古诗，模拟的是古诗十九首中的《客从远方来》，诗歌结构、内容与原诗亦步亦趋，情致也相差无二。原诗是以"一端绮"作为寄托之物，而这首拟作是以"漆鸣琴"作为感情的载体；原诗为汉代文人模拟女性口吻所作的代言体，而这首拟作则确实出自女性诗人之手，鲍令晖是南北朝时期著名诗人鲍照之妹，也是当时极有盛名的女诗人之一，她的这首《拟客从远方来》十分真实地反映出当时女性内心的情感状态。

诗歌从远方之客赠送鸣琴写起，描写了琴木的色泽纹理、琴弦发出的声音：上了亮漆的琴木上有相思木的纹理，拨动琴弦就能听到如泣如诉的别离之音。此时这把"漆鸣琴"显然已经带上了弹奏者的主观色彩，相思、伤别离都是她感情的外露。随后弹奏者以"终身执此调，岁寒不改心"一句，表示自己会一辈子弹奏这种相思、伤别离的曲调，而自己对恋人的爱恋与相思之情也一样，无论在什么情况下都不会改变。末句表达了弹奏者的美好愿望：愿意与爱人化作《阳春曲》中的音符，在乐曲中相伴相随。

在这首诗歌中，琴的含义已经超出了一般的演奏乐器，而是作为一种承载主人公思念等情感的物质载体，琴音流露的是主人公深切的思念之情，琴曲也成为主人公与爱人情感的化身。诗歌构思精巧、情感真挚，展现了鲍令晖诗歌"崭绝清巧"的艺术特色。

同咏乐器·琴

[南北朝] 谢 朓

洞庭^[1]风雨干^[2]，龙门^[3]生死枝。

雕刻纷布濩^[4]，冲响^[5]郁清危^[6]。

春风摇蕙草，秋月满华池^[7]。

是时操^[8]别鹤^[9]，淫淫^[10]客泪垂。

【作者简介】

谢朓（464—499 年），字玄晖，斋号高斋，陈郡阳夏县（今河南太康）人，南齐诗人，与"大谢"谢灵运同族，世称"小谢"。他于南齐建元四年（482 年）入仕，永明五年（487 年）成为竟陵王萧子良的文学社团成员，为"竟陵八友"之一。谢朓曾与沈约等共创"永明体"。今存诗二百余首，对唐代律诗、绝句的形成有重要影响。有集已佚，后人辑有《谢宣城集》。

【注释】

[1] 洞庭：即洞庭湖。汉代崔骃《七依》："爰有洞庭之椅桐，依峻岸而旁生。"据说洞庭的桐木十分适合作为制琴的材料。

[2] 干：枝干。

[3] 龙门：指龙门山（今山西、陕西交界处）。此处化用汉代枚乘《七

发》中的典故："龙门之桐，高百尺而无枝，……其根半死半生……使琴挚斫斩以为琴。"意思是生长在龙门的桐木根半生半死，是制作古琴的上等材料。

[4] 布濩（hù）：遍布，布散。

[5] 冲响：冲和的琴音。

[6] 危：高。

[7] 华池：神话传说中的池名，在昆仑山上。后以华池泛指景色佳丽的池沼。

[8] 操：演奏。

[9] 别鹤：即《别鹤操》，乐府琴曲名，该曲抒发的是夫妻分离的别情。

[10] 淫淫：泪流不止的样子。

【简析】

这首咏琴诗中，作者从琴的材质、花纹、音响以及琴声的动人等多个角度展开了对琴的颂赞。

诗歌首二句先用了"洞庭""龙门"两个典故，表示所咏之琴是用极佳的材料制作的，洞庭与龙门之桐都是有名的制琴材料，作者用洞庭桐与龙门桐来比拟，可见其琴品质极佳。随后的"雕刻纷布濩，冲响郁清危"则是对精致繁复的琴身花纹与冲和悦耳的琴声的描绘。前半部分为读者展示了一张品相精致、琴声悦耳的琴的外貌。后半部分转而对演奏场景进行描绘："春风摇蕙草，秋月满华池"，"春风""秋月"采用了互文的手法，并不具体指春天的风或者秋天的月，而是泛指四时的美景。在这样的美景下，演奏一曲《别鹤操》，其琴声动人心魄，其中的离情与景色相交融，令在座的宾客泪流不止。

南北朝时期涌起大量创作咏物诗的潮流，许多雅致的事物都能作为诗歌歌咏的对象，如"云""月""柳""琴"等。从标题来看，谢朓这首《同咏乐器·琴》是与友人同时创作的咏物诗中的一首。谢朓此诗虽为咏物，却不仅仅停留在对琴的外貌进行铺陈描绘上，而是在对琴身进行描绘之后，通过听琴之人的感受来衬托出琴声之美妙，立意别具一格，艺术水平更佳。

和王中丞闻琴 [1]

[南北朝] 谢 朓

凉风吹月露 [2]，圆景 [3] 动清阴 [4]。

蕙风 [5] 入怀抱，闻君此夜琴。

萧瑟 [6] 满林听，轻鸣响涧音。

无为 [7] 澹容与 [8]，蹉跎江海心 [9]。

【作者简介】

谢朓（464—499 年），字玄晖，斋号高斋，陈郡阳夏县（今河南太康）人，南齐诗人，与"大谢"谢灵运同族，世称"小谢"。他于南齐建元四年（482 年）入仕，永明五年（487 年）成为竟陵王萧子良的文学社团成员，为"竟陵八友"之一。谢朓曾与沈约等共创"永明体"。今存诗二百余首，对唐代律诗、绝句的形成有重要影响。有集已佚，后人辑有《谢宣城集》。

【注释】

[1] 谢朓此诗当为与王融唱和之诗，王融原诗今已亡佚。王中丞：即王融，曾任秘书丞。

[2] 月露：月下露滴。

[3] 圆景：月光。

[4] 清阴：树荫。

[5] 蕙风：带着花香的风。

[6] 萧瑟：秋风声。宋玉《九辩》："萧瑟兮，草木摇落而变衰。"

[7] 无为：清静无为。

[8] 澹容与：淡泊悠闲的样子。

[9] 江海心：避世退隐之心。《庄子·刻意》："就薮泽，处闲旷，钓鱼闲处，无为而已矣；此江海之士，避世之人，闲暇者之所好也。"

【简析】

此诗描绘的是深夜闻琴的景象，情景交融，在写琴声的同时，也抒发了作者自己的思想感情。

诗歌虽名为"闻琴"，开篇却不直接写琴，而是以夜景起兴，先描绘了夜深时的景象：清凉月夜，微风细细，月光朗朗，营造出雅致清幽的环境、氛围。随后第三句"蕙风入怀抱"，开始描绘作者身处月夜的感受，为下面写听到琴声作铺垫。清风夹杂着花香扑面而来，这时正好听到隐约的琴声。用清风、月光、花香等极具氛围感的词汇铺垫对琴声的喜爱，第四句的点题顺理成章，流畅生动。接下来的两句以两个比喻生动地描绘了琴声的自然悦耳：琴声好似秋风吹过林木的飒飒之声，又好像小溪流水的清脆之声。两例皆以自然界中优美的声响作为喻体，生动地展现出琴声的自然灵动。诗歌末二句则由写琴声转向抒发自己听琴时的内心感受——希望淡泊悠闲，退隐江海。

诗歌虽然写的是闻琴，但并不对琴声进行实写，而是从虚处着笔，烘托出一种清幽高洁的氛围。无论是开篇对景色的描写还是五、六句对琴声的描写，采用的"凉风、月露、圆景、清阴、蕙风、萧瑟、鸣涧"等，都是清幽高洁的意象，奠定了诗歌高雅的基调；而末二句以作者的退隐之心承接，巧妙地从思想感情上延续了这种清幽与高洁。而琴音在其中起到了重要的作用，它作为一种高雅的象征，可以说是衔接情与意的桥梁，贯穿诗歌景色的描绘与情感的抒发，使诗歌在景、情、意上达到了一种圆融的和谐。

弄琴诗（其一）

[南北朝] 庾 信

雉飞 [1] 催晚别，乌啼 [2] 惊夜眠。

若交 [3] 新曲变，惟须促一弦 [4]。

【作者简介】

庾信（513—581 年），字子山，小字兰成。南阳郡新野县（今河南新野）人，南北朝时期文学家。庾信自幼跟着父亲庾肩吾，累官右卫将军，封武康县侯。侯景之乱时，庾信逃往江陵。后奉命出使西魏，因梁为西魏所灭，遂留居北方，官至车骑大将军、开府仪同三司。北周代魏后，更迁骠骑大将军、开府仪同三司，封临清县子，世称"庾开府"。时陈朝与北周通好，流寓人士，并许归还故国，唯有庾信与王褒不得回南方。庾信在北方，一方面身居显贵，被尊为文坛宗师，受皇帝礼遇，与诸王结布衣之交；一方面深切思念故国乡土，为自己身仕敌国而羞愧，因不得自由而怨愤。最终在隋文帝开皇元年（581 年）老死北方，年六十九。有《庾子山集》传世，明人张溥辑有《庾开府集》。

【注释】

[1] 雉飞：指古琴曲《雉朝飞》。

[2] 乌啼：指古琴曲《乌夜啼》。

[3] 交：即"教"，使、令的意思。

[4] 促一弦：把弦拧紧。南北朝流行的吴声歌曲音调较高，所以在演奏时常常需要"促弦"，调高音调。如梁代王台卿的《咏筝诗》："促调移轻柱，乱手度繁弦"。

【简析】

这首诗歌咏的是"弄琴"，也就是弹琴，但作者并没有将书写的重点放在弹琴人的身上，甚至对其所弹琴声的悦耳动听也并没有过多的描绘，而是将讨论的重点集中在琴曲之上。演奏者先弹奏了古曲《雉朝飞》，随后又弹奏了古曲《乌夜啼》。这些曲目虽然经典，但庾信对此并不满足，于是他令演奏者转弹有变化的"新曲"，演奏者因此拧紧琴弦，为弹奏新曲做准备。

庾信是南北朝"宫体诗"这一体裁的代表性诗人，他具备了这一诗人群体的两个创作特色。其一是热衷于描写与宫廷有关的题材，如宫中女性赏花、弄琴等宫廷生活。这首诗显然也是以这种高雅的贵族生活作为书写的对象，描写的是别人弹琴、作者听琴的场景。其二则是追求"新变"，庾信所追求的"新变"不仅体现在诗歌创作上，也体现在音乐审美上，从这首《弄琴诗（其一）》可以看出来。诗歌前两句提到的《雉朝飞》与《乌夜啼》都是经典的古琴名曲，尤其是《雉朝飞》，相传为战国时期齐国的处士牧犊子所作，历史非常久远。但庾信显然对这些名曲不那么感兴趣，甚至称《雉朝飞》仿佛在催促离别，而《乌夜啼》更是惊醒了清梦。庾信想要的是与之不同的"新曲"，这支琴曲在弹奏之前需要演奏者"促一弦"，对琴的音调进行适当的调整，由此可见，这支新曲的音调与前面的曲子完全不同，是经过艺术革新之后的作品。

　　这首《弄琴诗》不局限于描绘演奏者与琴声，而是另辟蹊径地表现了作者对于琴曲革新的态度，也展现出南北朝时期琴曲创作、演奏理论发展的时代风貌。

侍宴赋得起坐弹鸣琴 [1]

[南北朝] 江 总

丝 [2] 传园客 [3] 意，曲奏楚妃 [4] 情。

罕有知音者，空劳 [5] 流水 [6] 声。

【作者简介】

江总（519—594 年），字总持，济阳考城（今河南兰考）人。南朝陈文学家。江总出身高门，幼聪敏，有文才，年十八即为宣惠武陵王府法曹参军，迁尚书殿中郎，因才华被梁武帝赏识，官至太常卿。侯景之乱后，他避难会稽，天嘉四年（563 年），因任中书侍郎回朝廷，管辖侍中省。陈后主时，江总官至尚书令。隋文帝开皇九年（589 年）灭陈，江总入隋为上开府，后被放回江南。开皇十四年（594 年），江总死于江都，时年七十六岁。

【注释】

[1] 起坐弹鸣琴：阮籍《咏怀》："夜中不能寐，起坐弹鸣琴。"

[2] 丝：琴弦，此处指琴。

[3] 园客：传说中的仙人名。嵇康《琴赋》："弦以园客之丝，徽以钟山之玉。" 李善注引《列仙传》："园客者，济阴人也。常种五色香草，积数十年，食其实。一旦，有五色神蛾止香树末。客收而荐之

以布，生桑蚕焉。时有好女夜至，自称'我与君作妻'。道蚕状，客与俱蚕。得百头茧，皆如瓮。缲茧六十日乃尽。讫，则俱去，莫知所如。"

[4] 楚妃：古琴曲名，即《楚妃叹》，咏叹的是楚庄王的贤妃樊姬进谏之事。

[5] 空劳：徒劳，白费。

[6] 流水：古琴曲《流水》。《列子·汤问》："伯牙善鼓琴，钟子期善听。伯牙鼓琴，志在登高山，钟子期曰：'善哉，峨峨兮若泰山！'志在流水，钟子期曰：'善哉，洋洋兮若江河！'伯牙所念，钟子期必得之。"钟子期死后，伯牙痛失知音，摔琴绝弦，终生不复弹，后以"高山流水"比喻知己或知音。

【简析】

这是一首宴会酬唱诗，诗题为"侍宴赋得起坐弹鸣琴"，是指在某次宴会上，作者分到了"起坐弹鸣琴"这个题目。

诗歌首二句分别使用了"园客"与"楚妃"两个典故，描写了琴声中所传达出来的情意。"丝传园客意"中的典故指的是"园客"与"好女"之间的爱情，据《列仙传》记载，园客与五色神蛾所化的女子相恋；而"曲奏楚妃情"则指樊姬对楚庄王的真挚情感。在对琴曲传达出来的情意进行深入的描写之后，作者却没有继续对琴曲进一步渲染，而是笔锋一转，认为"罕有知音者，空劳流水声"，以伯牙为子期演奏高山流水的典故表明：即使琴声中能传达出园客、楚妃的情意，没有能领会其中深意的知音人，也不过是白费了这样的琴曲而已。

诗歌虽然简短，但结构玲珑、精致，连用三个典故，情感婉曲巧妙。从此诗中也可以看出，六朝时期琴不仅作为重要的消遣娱乐工具，还在许多场合承担了表情达意的功能，具有高雅的艺术魅力。

听 琴

[南北朝] 萧悫

洞门凉气满，闲馆夕阴生。

弦随流水^[1]急，调杂秋风清。

掩抑^[2]朝飞^[3]弄，凄断夜啼^[4]声。

至人齐物我^[5]，持此悦高情。

【作者简介】

萧悫，生卒年不详，约北齐武成帝太宁元年前后在世。字仁祖，南兰陵（今江苏常州）人，南朝梁始兴王萧憺之孙，上黄侯萧晔之子。天保中（约554年）入北齐。武平中（约572年）为太子洗马。陈后主时为齐州录事参军。后入北周、隋，在隋朝任记室参军。诗歌风格清丽，有《萧悫集》九卷，已佚。

【注释】

[1] 流水：古琴曲《流水》。也指琴曲声似流水。

[2] 掩抑：弹奏弦乐器的指法，用指按抑琴弦，琴发声幽咽断续，如泣如诉。形容弹奏曲调哀婉动人。王融《咏琵琶诗》："掩抑有奇态，凄锵多好声"。

[3] 朝飞：指古琴曲《雉朝飞》。

[4] 夜啼：指古琴曲《乌夜啼》。

[5] 齐物我：万物平等的思想。《庄子·齐物论》："天地与我并生，而万物与我为一。"

【简析】

听琴诗往往借琴曲抒情，萧悫这首《听琴》在结构上也是如此，但在情调上别具一格。

诗歌首二句先对听琴的场景进行描绘，午后的庭院已经不再燥热，洞门吹过凉风，随着阳光的西斜，四处更加阴凉，烘托出清凉闲适的氛围。中间四句则开始描绘琴的音色与曲调，琴曲时而像流水一样急，时而又像秋风一样萧飒，弹奏《雉朝飞》时琴曲十分低沉哀婉，而演奏《乌夜啼》时琴声又转为凄凉悲伤。诗歌的末二句为抒情，却不是承接上文的《雉朝飞》与《乌夜啼》的琴曲风格来抒发个人感情，反而突破了个人的喜怒哀乐，上升到哲学感悟的境界：至上之人，不为世间凡俗事物、情感所扰，而能以琴声来陶冶情操、洗涤身心，体会高雅、愉悦之情。

听琴是极为常见的诗歌创作题材，但萧悫将"琴"与庄子的清静无为思想结合起来，突破了抒发离情别绪的传统的束缚，突出了琴这一艺术清净高雅、自然超脱的特色，也使这首诗歌在境界上得到了提升。

秋夜咏琴

［南北朝］到溉

寄语调弦者，客子^[1]心易惊。
离泣^[2]已将坠，无劳^[3]别鹤^[4]声。

【作者简介】

到溉，字茂灌，彭城武原（今江苏邳县）人。少孤贫，与弟到洽俱聪敏有才学，得任昉赏识，由此知名。历任中书郎、太子中庶子、湘东王长史、御史中丞、左民尚书等职，官至侍中、国子祭酒等。后因病失明，居家养病。任昉为御史中丞时，到溉与其弟到洽及刘孝绰、刘苞、刘孺、刘显、陆倕、张率、殷芸等常于任昉门下聚会，时称"兰台聚"。原有集二十卷，已亡佚，今仅存《答任昉》《饷任新安斑竹杖因赠》《秋夜咏琴》三首。

【注释】

[1] 客子：客居在外的人。

[2] 离泣：思乡的眼泪。

[3] 劳：劳烦，需要。

[4] 别鹤：即《别鹤操》，古琴曲名，抒发离愁别绪，曲调忧郁伤感。

【简析】

此诗名为咏琴，却不着眼于琴，而是借琴抒发自己内心的思乡之情。

与许多咏琴诗不同，到溉的这首《秋夜咏琴》没有对琴的材质、花纹甚至琴声有任何描述，开篇直接描写演奏场景，从座中听琴之人着笔。此时或许一曲已经听罢，座中人已经对琴声的感染力有了先一步的感知，于是告诉弹奏者，自己是一名客居他乡的旅人，内心的思乡之情容易被琴声唤起，当下眼中思乡的泪水已经快要流下，就不要再弹奏《别鹤操》这样更容易引发思乡之痛的曲子了。

离别是古代诗歌的经典主题之一，而这首诗很好地将"琴"与"离别"两个主题结合在一起，思乡的别离之情通过琴声淋漓尽致地表现出来，而诗中展现的深切感情又衬托出琴声之动人，两者相辅相成，相得益彰。

日晚弹琴

[南北朝] 马元熙

上客敞前扉，鸣琴对晚晖。

掩抑[1]歌张女[2]，凄清奏楚妃[3]。

稍视红尘[4]落，渐觉白云飞。

新声[5]独见赏，莫恨知音稀。

【作者简介】

马元熙，生卒年不详，字长明，北齐河间县（今属河北）人，北齐儒学家马敬德之子。其父去世后，马元熙承袭了父亲广汉郡王的称号，后任青州参曹参军、通直侍郎等职位。隋朝开皇年间，在秦王文学任上去世。

【注释】

[1] 掩抑：弹奏弦乐器的指法，用指按抑琴弦，发声幽咽断续，如泣如诉。形容弹奏曲调哀婉动人。

[2] 张女：魏晋南北朝流行的乐曲《张女四弦》《张女曲》《张女引》等。

[3] 楚妃：古乐曲《楚妃叹》。

[4] 红尘：夕阳下的尘土。

[5] 新声：新创作的乐曲。

【简析】

诗歌描绘了一幅夕阳下弹琴、听琴的画卷。晚霞辉映，更有知音共赏琴曲，一边听琴，一边坐看夕阳西下、云卷云舒，闲适而宁静的生活图景如在眼前。

诗歌首二句交代了弹琴之前的动作：打开庭院的门，对着晚霞演奏琴曲。在描写演奏场景的同时，"对晚晖"三字更是展现了琴与自然的融洽交流。随后的"掩抑歌张女，凄清奏楚妃"则是对琴声的描绘，琴曲时而是哀婉动人的《张女引》，时而是凄凉冷清的《楚妃叹》。紧接着的"稍视红尘落，渐觉白云飞"，再次回到人与自然的沟通上，"稍视""渐觉"将演奏者的怡然自得、悠然闲适展现得淋漓尽致，而"落""飞"二字则与"稍视""渐觉"相配合，以大自然的变化来突出时间的流逝。在诗歌末尾，焦点再次回到琴曲上来，指出新谱写的琴曲只要有一位懂得的知己欣赏就已足够，不必为知音稀少而感到失落。"莫恨知音稀"，表达出正如"伯牙子期"一样，知音数量不在多，世间有一位足矣。

整首诗歌清新流畅，中间两联对仗工整，"红尘""白云"等词色彩明丽，在作者笔下，琴、人、自然三者合而为一，达到了完整、圆融的诗歌境界。

咏 琴

[唐] 杨师道

久擅龙门^[1]质，孤竦^[2]峄阳^[3]名。

齐娥^[4]初发弄^[5]，赵女^[6]正调声。

嘉客勿遽反^[7]，繁弦^[8]曲未成。

【作者简介】

　　杨师道（？—647年），字景猷，弘农华阴（今陕西华阴）人。杨师道是隋朝观德王杨雄幼子、中书令杨恭仁之弟。隋朝灭亡后，杨师道投奔唐高祖，并迎娶桂阳公主，拜上仪同、驸马都尉。历任吏部侍郎、太常卿，册封安德郡公，迁中书令。唐贞观十七年（643年），卷入太子李承乾谋反，罢为吏部尚书。唐太宗东征时，授检校中书令，辅佐太子李治，因事罢为工部尚书、太常卿。唐贞观二十一年（647年），杨师道病逝，追赠吏部尚书、并州都督。

【注释】

　　[1] 龙门：指龙门山（今山西、陕西交界处）。因当地所产桐木适于制琴，后常用"龙门""龙门桐"代指制作精良的琴。

　　[2] 孤竦：孤高特出，不同流俗。

　　[3] 峄阳：峄山（今山东邹县）之阳，即峄山的南面。因所产桐木

适于制琴，后常用"峄阳""峄阳桐"代指制作精良的琴。

[4] 齐娥：齐地的美女。古代齐地人善歌，后常以"齐地"的美女代指歌女。

[5] 发弄：拨动，拨弄。

[6] 赵女：赵地的女子。

[7] 遽（jù）反：急着回去。遽：匆忙；反：同"返"，返回。

[8] 繁弦：繁杂的琴声，此处指琴曲的高潮部分。

【简析】

这首诗歌虽然题名为"咏琴"，却不对琴或者琴声进行直接的描绘，而是以琴声来挽留客人，从侧面着手展现琴声的曼妙。作者先夸赞了所弹之琴本身的品质，"久擅龙门质，孤竦峄阳名"一句用"龙门""峄阳"两个典故来介绍琴的上乘品质。龙门与峄阳都是出产优质制琴桐木的地方，而这把琴能与龙门桐、峄阳桐制成的名琴相媲美，说明其品质之优。

随后作者对弹琴的人进行了描绘。"齐娥初发弄，赵女正调声"采用了互文手法，诗中"齐娥""赵女"并不仅仅指齐、赵两地的歌女，而是泛指各地的歌女，她们或刚开始弹奏，或正在调音，为接下来的演奏做准备。这两句诗对初唐时期的琴乐风貌进行了侧面展示：初唐时期，各地的音乐或有不同，作者对各地女子不同的演奏状态进行描绘，表示各地的琴乐或许已呈现出多样化的风格。初唐刘允济在《咏琴》一诗中对这种情况也有描述："巴人缓疏节，楚客弄繁丝。"可见在初唐时期，琴乐演奏已经出现了地方性风格。

但即便是精美优质的琴、丰富精彩的演奏也没有挽留住客人，作者只好劝道："尊贵的来宾不要那么着急回去，曲子还没有演奏到高潮部分呢。"这说明以琴声挽留来客是常见之事，而琴在初唐社交中的作用可见一斑。

听弹沉湘

[唐] 雍裕之

贾谊[1]投文吊屈平[2]，瑶琴能写此时情。

秋风一奏沉湘曲[3]，流水[4]千年作恨声。

【作者简介】

雍裕之，唐德宗贞元年间人，生卒年月不详，蜀中人，数举进士不第，飘零四方。《全唐诗》中存其诗一卷。

【注释】

[1] 贾谊：西汉政论家、文士。贾谊出任长沙王太傅，经过湘水，作《吊屈原赋》。

[2] 屈平：即屈原。屈原名平，字原。

[3] 沉湘曲：琴曲名。《沉湘曲》是描写屈原沉江的琴曲。

[4] 流水：既指湘水，又指琴声。

【简析】

西汉贾谊在《吊屈原赋》中写道："及渡湘水，为赋以吊屈原。屈原，楚贤臣也，被谗放逐，作《离骚》赋……谊追伤之，因自喻。"贾谊路过湘水，有感于屈原悲惨的人生经历，联想到自己同样怀才不遇、不受重用的遭遇，遂生惺惺相惜之感，作《吊屈原赋》。而作者数举进士不第，心中同样有抱负难酬之恨，听到讲述屈原沉江故事的《沉湘曲》，也心生感触，遂写下这首《听弹沉湘》。诗歌的末句"流水千年作恨声"实为一语双关，一方面，指屈原沉江的汨罗江之水千年来也在为屈原发出悲鸣的声音；另一方面，流水暗指这首《沉湘曲》抒发了屈原千年难解的哀愁与不甘。此外，"流水"作为伯牙子期知音之情的象征，表现了贾谊与屈原跨越时间的知己之情，也表达了作者与屈原同病相怜的悲哀，这"流水千年作恨声"的"恨"是屈原之恨，是贾谊之恨，也是作者之恨。

诗歌由贾谊悼念屈原展开，抒发了自己与之相同的不得志的郁闷之情。琴声作为贯穿作者情感的线索，结合"高山流水"的典故，将作者的郁闷悲苦情感晕染得极为浓郁。

山夜调琴

[唐] 王 绩

促轸^[1] 乘明月，抽弦^[2] 对白云。

从来山水韵^[3]，不使俗人闻。

【作者简介】

王绩（约 589—644 年），字无功，号东皋子，绛州龙门（今山西吕梁）人。隋唐时期著名文士王通的弟弟。隋朝大业中举孝廉，授六合县丞后，弃官还乡。武德初年，待诏门下省。贞观初年，□职，躬耕于东皋山（今山西河津），自号"东皋子"。贞观十八□年），去世，时年五十六岁。有《东皋子集》传世。

【注释】

[1] 促轸：转动琴轴以调紧琴弦，调整琴声的音调。

[2] 抽弦：拨弦。

[3] 山水韵：抒发山水情怀的琴曲，也指能为知音所欣赏的曲调。

【简析】

作者王绩对琴喜爱有加，他曾在《答冯子华处士书》中说自己"性嗜琴酒，得尽所怀"，他不仅仅喜欢听琴、弹琴，对制琴、谱曲也有很深的造诣。王绩的好友吕才在《东皋子后序》中提到王绩"雅善鼓琴，加减旧弄，作《山水操》，为知音者所赏"，可见王绩对琴道有一定的钻研，也较为专业。王绩中年时就归田退隐，纵情于山水之间，在这期间，琴一直是王绩的精神寄托之一，他因此创作了许多与琴有关的诗歌，《山夜调琴》是其中的一首。

诗歌开门见山地描写了弹琴的场景，却不是弹给听琴的友人的，而是与明月、白云为伴，只因这样高雅的抒发山水情怀的琴曲不必弹与世间的俗人听。据《新唐书·隐逸·王绩传》记载："绩有奴婢数人，种黍，春秋酿酒，养凫雁，莳药草自供。以《周易》《老子》《庄子》置床头，它书罕读也。欲见兄弟，辄渡河还家。游北山东皋，著书自号'东皋子'。乘牛经酒肆，留或数日"，可见王绩生性潇洒豁达，喜爱隐居山林，于山水之间怡然自得。这首《山夜调琴》正是王绩这种生活方式的表现。诗歌语言简洁而不浅白，质朴而不庸俗，诗意率真疏放，有旷怀高致，将琴之高雅与山水之清新共同融合到隐逸的境界中，可见魏晋风骨。

竹里馆^[1]

[唐] 王 维

独坐幽篁^[2]里，弹琴复长啸^[3]。

深林人不知，明月来相照。

【作者简介】

王维（701—761年），字摩诘，号摩诘居士。河东蒲州（今山西永济）人，祖籍山西祁县。唐朝诗人、画家，有"诗佛"之称。王维于唐玄宗开元九年（721年）中进士第，为太乐丞，因伶人舞黄狮子被贬，历任右拾遗、监察御史、河西节度使判官等。安禄山攻陷长安（今陕西西安）时，被迫受伪职，长安收复后，被责授太子中允。唐肃宗上元元年（760年）任尚书右丞，次年离世，世称"王右丞"。著有《王右丞集》。

【注释】

[1] 竹里馆：王维的园林"辋川别业"中的胜景之一，因周围遍布竹林，故名竹里馆。

[2] 幽篁（huáng）：幽深的竹林。

[3] 长啸：长歌。

【简析】

据《旧唐书·王维传》，王维晚年"得宋之问蓝田别墅，在辋口，辋水周于舍下，别涨竹洲花坞，与道友裴迪浮舟往来，弹琴赋诗，啸咏终日"。王维一生受佛教思想浸淫，晚年常隐居山林，而辋川别业就是他其中一处隐居之地。在这里他与朋友悠游于山林之中，弹琴吟诗，这首《竹里馆》就是这一时期的代表作之一。

诗歌首句描绘了一幅高雅清幽的画面：一人独坐在幽深的竹林中。"独"与"幽"二字塑造出一位遗世独立的高士形象。而随后的琴声与歌声相得益彰，声音意象的加入，并没有让场景显得喧闹，而是通过两种纯净高雅的声音渲染出一个空旷清透的诗意画面，使得林中高士更显旷达。诗歌的后两句"深林人不知，明月来相照"不再局限于对琴声或歌声的描绘，而是继续渲染清幽高雅的环境。"人不知"与首句的"独坐"前后呼应，但这位林中之士并不孤独，皎洁的月光仿佛能理解他这种高雅的艺术，于是前来与他相伴。

全诗营造了一种清幽高雅的氛围，在"竹""琴""月"几个极为高雅的意象的衬托下，刻画出一名林中弹琴的高洁之士的形象，呈现了一种忘却红尘纷扰、内心澄澈明净的心境。

月夜听卢子顺弹琴

[唐] 李 白

闲坐夜明月，幽人^[1]弹素琴^[2]。

忽闻悲风^[3]调，宛若寒松^[4]吟。

白雪^[5]乱纤手，绿水^[6]清虚心。

钟期^[7]久已没，世上无知音。

【作者简介】

　　李白（701—762 年），字太白，号青莲居士，唐代伟大的浪漫主义诗人，被后人誉为"诗仙"，与杜甫并称"李杜"。唐中宗神龙元年（705 年）随家迁居绵州昌隆县（今四川江油）青莲乡。天宝元年（742 年）应诏入京，供奉翰林，因称"李翰林"，被贺知章誉为"谪仙人"，故也称"李谪仙"。三年后赐金放还，漫游南北。安史乱起，入永王李璘幕府，李璘兵败被杀，李白被捕入浔阳狱，流放夜郎。中途遇赦返回，投靠族叔当涂令李阳冰，不久病卒。有《李太白集》传世。

【注释】

　　[1] 幽人：幽居之人，隐士。这里指卢子顺。

　　[2] 素琴：没有华丽装饰的琴。

　　[3] 悲风：古琴曲《悲风操》。

[4] 寒松：古琴曲《寒松操》。

[5] 白雪：古琴曲名。

[6] 绿水：古琴曲名。

[7] 钟期：钟子期，伯牙的知己。《列子·汤问》："伯牙善鼓琴，钟子期善听。"

【简析】

　　与许多关于咏琴、听琴的诗歌极力描写琴的极佳品质或者精致外表不同，李白这首《月夜听卢子顺弹琴》首先营造出的是简单、质朴的情调。一个只有明月相伴的环境，一个隐居的"幽人"，一张毫无雕饰的"素琴"，这些要素构建出一个简洁却高雅的演奏基调。中间两联四句则对卢子顺弹琴进行了描述：刚刚听到《悲风操》的曲调，又仿佛是《寒松操》；忽而在弹奏《白雪》，忽而又在弹奏《绿水》。在听闻美妙的琴曲之后，李白忍不住发出"钟期久已没，世上无知音"的感叹，卢子顺的琴曲固然美妙，但可惜钟子期早已离世，世上再无能欣赏这样美妙琴曲的知音了。将卢子顺与先秦时期琴艺高超的"伯牙"相比，可见李白对卢子顺琴艺之赞赏。这句"世上无知音"同时也是李白对自身命运的感叹，借听琴以抒己怀，饱含着他对自己无人相知的坎坷命运的感慨。

　　诗歌从环境、弹琴者及琴声的描写着手，渐入优美精妙的琴曲，最后以情感的抒发作为收尾，虽有知音难觅的感叹，却不失清心虚静的豁达，表达流畅而又巧妙。

酬裴侍御^[1] 留岫师^[2] 弹琴见寄

[唐] 李 白

君同鲍明远^[3]，邀彼休上人^[4]。

鼓琴乱白雪^[5]，秋变江上春。

瑶草绿未衰，攀翻^[6]寄情亲。

相思两不见，流泪空盈巾。

【作者简介】

李白（701—762 年），字太白，号青莲居士，唐代伟大的浪漫主义诗人，被后人誉为"诗仙"，与杜甫并称"李杜"。唐中宗神龙元年（705年）随家迁居绵州昌隆县（今四川江油）青莲乡。天宝元年（742 年）应诏入京，供奉翰林，因称"李翰林"，被贺知章誉为"谪仙人"，故也称"李谪仙"。三年后赐金放还，漫游南北。安史乱起，入永王李璘幕府，李璘兵败被杀，李白被捕入浔阳狱，流放夜郎。中途遇赦返回，投靠族叔当涂令李阳冰，不久病卒。有《李太白集》传世。

【注释】

[1] 裴侍御：裴隐，生卒年不详，盛唐末为侍御，能诗，善琴。

[2] 岫师：即岫道人，僧人。

[3] 鲍明远：鲍照，字明远，南北朝诗人。

[4] 休上人：惠休，南北朝僧人，擅长诗文，与鲍照齐名，常与鲍照唱和。

[5] 白雪：古琴曲名。

[6] 攀翻：攀折。

【简析】

据光绪重修版《湖南通志》流寓人物传载："裴隐官侍御，谪居岳州，与岫道人鼓琴自娱。李白流夜郎过之，相与唱和宴游。"可见，李白在流放夜郎的途中，与同样被贬谪在岳州的裴隐相识相知，结交唱和。二人分别之后，裴隐与岫师弹琴之时作诗寄予李白，这首《酬裴侍御留岫师弹琴见寄》正是李白的和诗。

诗歌前半部分是李白对裴隐寄诗的回应。首联便将裴隐与岫师誉为南北朝著名诗人鲍照与诗僧惠休，以夸赞裴隐留岫师鼓琴的行为之高雅，随后描述二人弹琴、听琴的场景。诗歌后半部分，李白则表达了对裴隐的思念，他趁着瑶草尚未衰黄，折下几枝遥赠友人，虽然极为思念却相隔两地，只能放任眼泪白白沾湿了佩巾。

裴侍御以琴会友，也常与李白以琴相交，在李白的另一首诗《夜泛洞庭寻裴侍御清酌》中就有"抱琴出深竹，为我弹鹍鸡"之语。由此可见，琴在当时是文人雅士进行社交活动的重要工具。

听蜀僧濬 [1] 弹琴

[唐] 李 白

蜀僧抱绿绮 [2]，西下峨眉峰。

为我一挥手 [3]，如听万壑松。

客心洗流水 [4]，余响入霜钟 [5]。

不觉碧山暮，秋云暗几重。

【作者简介】

李白（701—762 年），字太白，号青莲居士，唐代伟大的浪漫主义诗人，被后人誉为"诗仙"，与杜甫并称"李杜"。唐中宗神龙元年（705 年）随家迁居绵州昌隆县（今四川江油）青莲乡。天宝元年（742 年）应诏入京，供奉翰林，因称"李翰林"，被贺知章誉为"谪仙人"，故也称"李谪仙"。三年后赐金放还，漫游南北。安史乱起，入永王李璘幕府，李璘兵败被杀，李白被捕入浔阳狱，流放夜郎。中途遇赦返回，投靠族叔当涂令李阳冰，不久病卒。有《李太白集》传世。

【注释】

[1] 蜀僧濬（jùn）：蜀地名为濬的僧人，也称仲濬公，原为峨眉山僧，后至敬亭山灵源寺为主持。李白有诗《赠宣州灵源寺仲濬公》。

[2] 绿绮：古代名琴。晋代傅玄《琴赋序》："齐桓公有鸣琴曰号钟，

楚庄有鸣琴曰绕梁，中世司马相如有琴曰绿绮，蔡邕有琴曰焦尾，皆名器也。"

[3] 挥手：弹琴。嵇康《琴赋》："伯牙挥手，钟期听声"。

[4] 流水：古琴曲《流水》。也指琴曲声似流水。

[5] 霜钟：钟声。《山海经·中山经》："有九钟焉，是知霜鸣。"郭璞《九钟》："九钟将鸣，凌霜乃落。气之相应，触感而作。"

【简析】

李白极为爱琴，他在《游泰山》中"独抱绿绮琴，夜行青山间"，《春日独酌》中"横琴倚高松，把酒望远山"，《东武吟》中"依岩望松雪，对酒鸣丝桐"。李白对琴艺也有很高的鉴赏能力，这首《听蜀僧濬弹琴》就表现出很高的艺术水平。

诗篇前半部分先对听琴的背景进行了介绍，濬公携琴下山，为李白弹奏。"抱""下""挥手"等动词，将濬公大气洒脱的姿态描绘得淋漓尽致，其中隐用了"伯牙挥手，钟期听声"的典故，更将作者与濬公的相识相知比拟为伯牙与子期之交，既是对濬公琴艺的赞美，也是对二人友情的歌颂。与濬公气势如虹的姿态相衔接，第四句描写濬公的琴声是"如听万壑松"，同样气势磅礴、绵延不绝。

后半部分则写作者自己听琴的感受。上文将濬公的琴声描绘为"万壑松"，但这并不是琴声单一的特色，它时而像流水一样清净，洗涤听者的心灵；时而像霜钟长鸣一样余音袅袅，深沉却韵味悠扬。作者不禁陶醉在这样动人的琴声里，不知不觉中，碧山已暮，秋云重重，更加突出了濬公琴艺之精湛、琴声之美妙。

诗歌先描写濬公气度不凡的超脱姿态，后从听琴的感受侧面描写了濬公琴声之曼妙。全诗一气呵成，如行云流水，明快畅达，在赞美琴声美妙的同时，也有与知音相伴的感慨，意境辽远。

听郑五愔^[1] 弹琴

[唐] 孟浩然

阮籍^[3] 推名饮，清风^[3] 坐竹林^[4]。

半酣下衫袖，拂拭龙唇琴^[5]。

一杯弹一曲，不觉夕阳沈^[6]。

余意在山水，闻之谐^[7] 夙心^[8]。

【作者简介】

　　孟浩然（689—740 年），字浩然，襄州襄阳（今湖北襄阳）人，唐代著名的山水田园派诗人，世称"孟襄阳"。因他未曾入仕，又称"孟山人"。早年有志用世，先天元年（712 年）入长安干谒名流。开元十五年（727 年），游长安，应进士举不第。开元二十五年（737 年）张九龄招致幕府，后隐居。开元二十八年（740 年）逝于襄阳。有《孟浩然集》三卷。

【注释】

　　[1] 郑五愔（yīn）：郑愔，字文靖，唐朝宰相、诗人。因其在兄弟中排行第五，故称郑五愔。

　　[2] 阮籍：魏晋诗人，字嗣宗。其人好老庄，善弹琴，以酣饮为常。

　　[3] 清风：指高洁的品格操行。

[4] 竹林：阮籍、嵇康、山涛、向秀、刘伶、王戎、阮咸七人，常宴集于竹林之下，谈玄饮酒、抚琴为乐，时人号为"竹林七贤"。

[5] 龙唇琴：古琴名。宋代虞汝明《古琴疏》："荀季和淑有琴曰'龙唇'。"

[6] 沈：通"沉"，往下落。

[7] 谐：符合。

[8] 夙心：平素的心愿。

【简析】

诗歌借听琴抒己怀，表达了作者志在山水的高雅情志。

诗歌开篇把郑愔比作魏晋名士阮籍在竹林中酣饮。据《晋书·阮籍传》记载，阮籍"嗜酒能啸，善弹琴"，常与嵇康、山涛、刘伶、阮咸、向秀、王戎聚集在竹林下喝酒，肆意酣畅，世称"竹林七贤"，七人代表了魏晋名士的高雅风度。随后，作者将郑愔比为阮籍，在竹林中酣饮，又以"半酣下衫袖，拂拭龙唇琴，一杯弹一曲"等诗句来描写其酒后弹琴的姿态，突出郑愔的潇洒不羁，足见魏晋遗风；接着下一句诗表现郑愔精湛的琴技和弹琴时令人陶醉的情景，听者沉醉在精妙的琴曲中，光阴流逝、夕阳渐落而浑然不觉；诗歌末二句从琴曲的艺术层面升华到了琴声所包含的哲学情思，郑愔的琴音引起作者的共鸣。作者孟浩然志在山水，郑愔的琴音也传达出志在山水的情思，二人心意正好相合。作者在赞美琴曲高雅的同时表明自己"意在山水"的夙志。

全诗明快流畅，生动形象地勾画出一位善琴好饮、放浪潇洒、飘然出尘的高士形象，同时借听琴抒发作者雅好山水的出尘之志，颇有风骨。诗句浅近自然，却韵味十足。南宋刘辰翁评云："朴而不俚，风韵尚存。"

赠道士参寥 [1]

[唐] 孟浩然

蜀琴 [2] 久不弄 [3]，玉匣细尘生。

丝脆弦将断，金徽 [4] 色尚荣 [5]。

知音徒自惜 [6]，聋俗 [7] 本相轻。

不遇钟期 [8] 听，谁知鸾凤声 [9]。

【作者简介】

　　孟浩然（689—740 年），字浩然，襄州襄阳（今湖北襄阳）人，唐代著名的山水田园派诗人，世称"孟襄阳"。因他未曾入仕，又称"孟山人"。早年有志用世，先天元年（712 年）入长安干谒名流。开元十五年（727 年），游长安，应进士举不第。开元二十五年（737 年）张九龄招致幕府，后隐居。开元二十八年（740 年）逝于襄阳。有《孟浩然集》三卷。

【注释】

　　[1] 参寥：道士参寥子，当时的逸士。李白有诗《赠参寥子》。

　　[2] 蜀琴：司马相如所用的琴，亦泛指蜀地所产的琴。

　　[3] 弄：弹奏。

　　[4] 金徽：金色的琴徽。

[5] 荣：鲜明。

[6] 自惜：自爱。

[7] 聋俗：代指无法欣赏音乐的凡俗之人。赵至《与嵇茂齐书》："奏《韶》舞于聋俗。"

[8] 钟期：钟子期。

[9] 鸾凤声：鸾凤的鸣叫声，比喻动听的音乐。嵇康《琴赋》："远而听之，若鸾凤和鸣戏云中。"

【简析】

与听琴、咏琴诗不同，这是一首以琴会友、借琴抒情的赠友人诗。

诗歌前半部分描写了很久没有弹奏的"蜀琴"的状态，放置琴的玉匣上已经布满了细尘，琴弦也因久未拨弄而脆硬欲断，琴身的颜色也不再鲜亮，只有琴徽的金色尚且鲜艳。诗人从置琴之器、琴弦、琴身之色三个角度分别描写了琴的状态，以突出上半部分"蜀琴久不弄"的主旨，借此表明作者与友人参寥子已经久未相见。后半部分则解释了为何"蜀琴久不弄"，转而借琴抒发对知音参寥子的思念。显然琴在作者孟浩然与参寥子的友情中是必不可少的，他们以琴会友，并相互引为知音。作者所弹的琴声能被参寥子欣赏，却被那些凡俗之人轻视。没有知音倾听琴曲，其他人也不懂得欣赏美妙的琴声，作者自然无心弹奏而令"玉匣生细尘"了。诗歌末二句以伯牙、子期之间的深厚友情自喻，表现了作者与友人之间的真挚情谊。

秋夕听罗山人[1]弹三峡流泉[2]

[唐] 岑 参

　　皤皤[3]岷山老，抱琴鬓苍然。

　　衫袖拂玉徽[4]，为弹三峡泉。

　　此曲弹未半，高堂如空山。

　　石林何飕飗[5]，忽在窗户间。

　　绕指弄鸣咽，青丝激潺湲[6]。

　　演漾[7]怨楚云，虚徐[8]韵秋烟。

　　疑兼阳台[9]雨，似杂巫山猿。

　　幽引鬼神听，净令耳目便。

　　楚客[10]肠欲断，湘妃[11]泪斑斑。

　　谁裁青桐[12]枝，绾[13]以朱丝弦。

　　能含古人曲，递[14]与今人传。

　　知音难再逢，惜君方老年。

　　曲终月已落，惆怅东斋眠。

【作者简介】

　　岑参（约718—769年），河南棘阳（今河南沁阳）人。唐天宝三年（744年）进士及第，授右内率府兵曹参军，先入安西节度使高仙芝幕府为掌书记，后为安西北庭节度使封常清幕府判官。因曾任嘉州（今四川乐山）刺史，故世称"岑嘉州"。约唐大历四年（769年）秋冬之际，卒于四川成都。

【注释】

[1] 山人：隐士。

[2] 三峡流泉：古琴曲名。

[3] 皤皤（pó）：头发斑白的样子。

[4] 玉徽：玉制的琴徽。

[5] 飕飗（liú）：风声。

[6] 潺湲：水流声。

[7] 演漾：形容乐声飘忽不定的样子。

[8] 虚徐：轻柔舒缓。

[9] 阳台：山名，在今重庆巫山县境内。

[10] 楚客：指屈原。

[11] 湘妃：传说中舜的两位妃子娥皇、女英。《述异记》："舜南巡，葬于苍梧，尧二女娥皇、女英泪下沾竹，文悉为之斑。"

[12] 青桐：梧桐，制琴以桐木为佳。

[13] 縆：拧紧琴弦。

[14] 递：更迭。

【简析】

诗歌首先刻画了罗山人脱俗出尘的形象，他头发虽已斑白，然而以衫袖拂琴、欣然弹琴的姿态却超逸高妙。自第五、六句起展开对罗山人琴声的描绘，以"高堂如空山"总括，突出了琴声中的自然之象，令人恍惚间如身在深山。随后对"空山"之景展开描绘，窗边似有风穿石林飕飗之声，又似有溪流潺湲鸣咽之声，仿佛有浮云之幽怨、秋烟之飘渺，更兼有阳台细雨，夹杂巫山猿啼。罗山人所弹的曲子是《三峡流泉》，琴声模拟三峡山石林泉之景，极为高妙。"幽引鬼神听，净令耳目便。楚客肠欲断，湘妃泪斑斑"四句则感叹琴声之动人，它不仅令人心醉，更能吸引鬼神，令屈原肠断、湘妃流泪。听罢作者又无奈感叹罗山人即将年老，此后再难有琴曲上的知音了。"曲终月已落"写出时间的推移，在这样的惆怅中，诗人满怀沉重的心绪，无言独眠东斋。

岑参的诗歌意境新奇，风格奇峭，想象丰富，词采瑰丽。诗歌紧扣琴曲《三峡流泉》的内容，以石林夜风、呜咽流泉、楚云秋烟、阳台雨和巫山猿写琴声的凄婉动人，想象十分丰富，形象十分新奇，将琴声摹拟为自然之象，描绘得出神入化。

琴 歌

[唐] 李 颀

主人有酒欢今夕，请奏鸣琴广陵客[1]。

月照城头乌半飞[2]，霜凄万木风入衣。

铜炉华烛烛增辉，初弹渌水[3]后楚妃[4]。

一声已动物皆静，四座无言星欲稀。

清淮奉使[5]千余里，敢告[6]云山[7]从此始。

【作者简介】

李颀（690—751年），祖籍赵郡（今河北赵县），长期居住颍阳（今河南登封）。唐开元二十三年（735年）登进士第。曾任新乡县尉，不久辞官归隐，长期隐居嵩山、少室山一带的"东川别业"。约唐天宝末年去世。《全唐诗》存李颀诗三卷。

【注释】

[1] 广陵客：本指嵇康，嵇康临刑前曾弹奏琴曲《广陵散》。此处代指琴师。

[2] 乌半飞：乌，乌鸦。半飞，纷飞。

[3] 渌水：古琴曲名。

[4] 楚妃：古琴曲《楚妃叹》。

[5] 清淮奉使：李颀曾奉命出任新乡县尉，地近淮水。

[6] 敢告：敬告。

[7] 云山：云雾缭绕之山，代指归隐。

【简析】

李颀对音乐有很高的欣赏水平，他创作的《听董大弹胡笳弄兼寄语房给事》《听安万善吹觱篥歌》都是脍炙人口的优秀作品，这首《琴歌》也是描写欣赏音乐的诗作。

诗歌首先交代了听琴的背景，在宾主尽欢之时，技艺高超的琴师开始弹奏琴曲。紧接着的第三、四句却没有继续就演奏的琴曲展开描述，而是陡然一笔，转而描写室外的景色。与室内的其乐融融不同，在冷冽月光的照耀下，城头的乌鸦四处纷飞，万木被落霜侵袭，寒风吹衣，一片凄清寒凉的氛围。随后诗人的目光又回到身处的室内，"铜炉华烛烛增辉"与首句"欢今夕"三字相呼应，表明酒宴已入高潮。铜炉熏染檀香，华烛闪烁生光，与外面的凄冷萧瑟全然不同，在这样温暖、华丽的环境里，琴师先后弹奏了《渌水》和《楚妃叹》等琴曲。琴声一响，万物俱静，满座听众都沉浸在这动人心魄的琴曲之中，无人言语。时间在不知不觉中倏然流逝，天上月明星稀，夜已渐深而众人恍然不觉。诗歌末句则抒发了作者听琴之后的个人感受：奉使出行路途遥远，不如就此归隐云山。

诗歌多方映衬、动静结合，虽然没有从正面展开对琴声的夸赞，却以特别的笔触渲染了演奏的场景，从不同角度烘托出琴声之美。在结构上，这首诗也别具一格。诗歌选取的意境不断在室内、室外交替，室内的温暖欢乐与室外的凄清萧瑟相对比、交错，从而引出了诗歌末尾作者想归隐云山的个人感悟，巧妙铺排，自然流畅。

昭国里^[1]第^[2]听元老师弹琴

[唐] 韦应物

竹林高宇霜露清，朱丝^[3]玉徽^[4]多故情。
暗识啼乌^[5]与别鹤^[6]，只缘中有断肠声。

【作者简介】

韦应物，生卒年不详，字义博，京兆杜陵（今陕西西安）人，唐代诗人。以门荫入仕，历任栎阳县、比部郎、朝散大夫。后外放治理滁州，曾任江州刺史、检校左司郎中、苏州刺史等职。约唐贞元七年（791年）初，在苏州去世。

【注释】

[1] 昭国里：即昭国坊。在长安东南，韦应物的旧居。

[2] 第：府第。

[3] 朱丝：指琴弦。

[4] 玉徽：玉制的琴徽。

[5] 啼乌：古琴曲《乌夜啼》。

[6] 别鹤：古琴曲《别鹤操》。

【简析】

　　韦应物是中唐诗人，其诗歌闲淡简远，这首听琴诗也展现出一派幽情深远的情致。

　　诗歌首句先对听琴场景进行了描绘，诗题点明听琴是在"昭国里第"，此处竹林幽幽，楼宇高耸，夜中霜寒露清，琴声悠远，更显其中深情。而诗人是感受到琴声之中悲痛凄凉的断肠之情，才听清元老师所弹奏的琴曲是《乌夜啼》和《别鹤操》。《乌夜啼》与《别鹤操》都是极为悲怆的琴曲，曲中情调正与诗歌首句"竹林高宇霜露清"所营造出来的凄冷幽静的氛围相契合，情、景、曲三者相融，意境清幽。

听弹琴

[唐] 刘长卿

泠泠^[1]七弦上，静听松风^[2]寒。

古调虽自爱，今人多不弹。

【作者简介】

刘长卿，生卒年不详，字文房，唐代诗人。宣城（今安徽宣城）人，后迁居洛阳。天宝年间进士，至德年间任监察御史、苏州长洲县尉等职，不久被诬入狱，遇大赦获释。大历年间任转运使判官，后又被诬再贬睦州司马。建中二年（781年），任随州刺史，约于贞元六年（790年）前后去世。世称"刘随州"，有《刘随州诗集》传世。

【注释】

[1] 泠泠：形容琴声清越。

[2] 松风：古琴曲《风入松》。

【简析】

诗题为"听弹琴"，实则借听琴抒发作者怀才不遇之感。

诗歌前两句是对琴声的描绘。"静听"二字则表现出听者的专注、沉醉，而"松风寒"可谓一语双关，一方面表示所弹琴曲是古琴曲《风入松》，一方面借此形容琴曲动听，如松间之风的凄寒。后两句则抒发了作者内心之情：《风入松》这样的古琴曲，虽然为自己所喜爱，但时人很少再弹奏了。

诗歌末二句谈论的现象涉及了唐代的音乐变革。汉魏六朝时期南方演奏清乐尚用琴瑟，而到唐代，音乐发生了变革，"燕乐"成为流行的新声，以西域传入的琵琶等乐器为主，传统的清乐则不再受到人们喜爱。正是在这样的背景下，刘长卿才发出了"古调虽自爱，今人多不弹"的感叹。虽是针对琴曲发出的感慨，却也是作者对自身处境与情志的抒发。唐代高仲武在《中兴间气集》中称刘长卿"刚而犯上，两遭迁谪"，可见刘长卿高洁古直，与当时社会格格不入，因此他在听闻《风入松》这样的古琴曲时，不禁联想到自身境遇，发出怀才不遇、孤芳自赏的感慨。

作者在诗中以琴曲自喻，借以抒发对自己身世之叹，以"泠泠""松风""寒"等词营造出清静、凄冷的诗境，与作者的不合时宜之感相得益彰，造语奇特，构思巧妙。

废 琴

[唐] 白居易

丝桐合为琴[1]，中有太古[2]声。

古声淡无味，不称[3]今人情。

玉徽[4]光彩灭，朱弦[5]尘土生。

废弃来已久，遗音尚泠泠[6]。

不辞为君弹，纵弹人不听。

何物使之然，羌笛与秦筝。

【作者简介】

白居易（772—846年），字乐天，号香山居士，又号醉吟先生，下邽（今陕西渭南）人。唐贞元十六年（800年）进士，曾任翰林学士、左拾遗等职。因上书言事获罪，被贬为江州司马，后又任杭州、苏州等地刺史，官至翰林学士、左赞善大夫。白居易与元稹共同倡导新乐府运动，世称"元白"，与刘禹锡并称"刘白"。会昌六年（846年），白居易在洛阳逝世，葬于香山。有《白氏长庆集》传世。

【注释】

[1] 丝桐合为琴：古琴的琴弦由丝制成，弦由桐木制成。

[2] 太古：远古。

[3] 称（chèn）：符合、称意。

[4] 玉徽：玉制的琴徽。

[5] 朱弦：红色的琴弦。

[6] 泠泠：形容琴声清越。

【简析】

　　白居易不仅是诗文复古的倡导者，也是提倡音乐复古的先驱。面对晚唐燕乐盛行而雅乐衰落的现实状况，白居易极力提倡恢复使用古时之乐器、弹奏古时之乐曲，他在《复乐古器古曲》一文中指出"若废今器，用古器，则哀淫之音息矣；若舍今曲，奏古曲，则正始之音兴矣"。这首《废琴》正是他这种音乐复古思想的集中体现。

　　诗歌前十句表达了同一个主旨：古琴虽然被废弃已久，其琴音依旧清越高雅，但这样的乐曲没有受到时人的欢迎。在诗歌结尾，作者将这种现象归咎于羌笛与秦筝的盛行。作为渊源已久的古乐器，琴声简单恬淡但韵味浓厚，正如诗中所言，"古声淡无味"；而唐代盛行的以羌笛、秦筝等为主要乐器的燕乐则灵活多变，深受人们的喜爱，其流行程度压过了传统雅乐，导致了雅乐的衰落。

　　从汉魏时期起，琴就已经作为一种高雅情怀的象征，存在于文人雅士的生活中。晚唐时期，白居易更是以古琴作为雅正的传统文化的代表，因此他提倡复古乐器和琴曲。这首《废琴》也因此不仅在诗歌语言上具有艺术性，更在音乐文化价值上有了更广阔的美学意味。

弹秋思

[唐] 白居易

信意^[1] 闲弹秋思^[2] 时，调清声直韵疏迟^[3]。

近来渐喜无人听，琴格高低心自知。

【作者简介】

白居易（772—846 年），字乐天，号香山居士，又号醉吟先生，下邽（今陕西渭南）人。唐贞元十六年（800 年）进士，曾任翰林学士、左拾遗等职。因上书言事获罪，被贬为江州司马，后又任杭州、苏州等地刺史，官至翰林学士、左赞善大夫。白居易与元稹共同倡导新乐府运动，世称"元白"，与刘禹锡并称"刘白"。会昌六年（846 年），白居易在洛阳逝世，葬于香山。有《白氏长庆集》传世。

【注释】

[1] 信意：随意。

[2] 秋思：琴曲名。

[3] 疏迟：迟缓。

【简析】

这是一首描写作者自己弹琴场景的诗歌，所弹曲目是《秋思》。

　　诗歌前半部分先对作者弹琴的状态进行了描绘，琴是信手而弹，曲也清雅迟缓。在《池上篇序》中，白居易提到"蜀客姜发授《秋思》，声甚淡"的乐曲，正与此诗中他形容的"调清声直韵疏迟"相符合。据《池上篇序》记载，《秋思》是一位名为姜发的蜀人传授给他的。白居易极为喜爱这首乐曲，其诗歌作品中常见到《秋思》的身影，如《冬日早起闲咏》中有"晚坐拂琴尘，秋思弹一遍"，《和尝新酒》中有"举臂一欠伸，引琴弹秋思"，《杨家南亭》中有"此院好弹秋思处，终须一夜抱琴来"等。

　　诗歌后半部分则抒发了作者弹琴时的感慨，近来逐渐对无人听琴曲感到释怀，只需要自己心里明白琴格之高低即可。这首诗展现了白居易对晚唐音乐变革的态度。与《废琴》中激烈地控诉"不辞为君弹，纵弹无人听"不同，创作《弹秋思》之时的白居易显然已经接受了燕乐盛行而雅乐衰落的事实，但他依然保持着秉承正统音乐文化的骄傲，因此他说"琴格高低心自知"，表现了对于音乐，不愿与追求燕乐的凡俗之人为伍的态度。

听弹古渌水 [1]

[唐] 白居易

闻君古渌水，使我心和平。

欲识慢流意，为听疏泛 [2] 声。

西窗竹阴下，竟日 [3] 有余清。

【作者简介】

白居易（772—846年），字乐天，号香山居士，又号醉吟先生，下邽（今陕西渭南）人。唐贞元十六年（800年）进士，曾任翰林学士、左拾遗等职。因上书言事获罪，被贬为江州司马，后又任杭州、苏州等地刺史，官至翰林学士、左赞善大夫。白居易与元稹共同倡导新乐府运动，世称"元白"，与刘禹锡并称"刘白"。会昌六年（846年），白居易在洛阳逝世，葬于香山。有《白氏长庆集》传世。

【注释】

[1] 古渌水：古琴曲名，也称《绿水》。

[2] 疏泛：疏朗而流畅。

[3] 竟日：整日。

【简析】

诗歌描绘的是作者听弹古琴曲《绿水》的情景。

《绿水》是一首清新雅致的琴曲。据《琴历》记载，蔡邕"尝访鬼谷遗迹于谷中，山有五曲，一曲为制一弄。山之东曲，尝有仙人游乐，故作《游春》；南曲有涧，冬夏常绿，故作《绿水》。"因此作者在听此琴曲时，内心也感受到琴曲中传达出来的宁静平和。诗歌后四句则是对"心和平"的详细阐释。在疏朗、回荡的琴声中，作者的意识仿佛也进入了缓慢流动的状态。正是在这样的状态下，作者感受到了西窗竹荫之清凉。"竟日有余清"虽是环境描写，却也是对作者"心和平"及"欲识慢流意"的绝佳阐释——在炎炎夏日的燥热中，人很难将注意力长久地放在某一事物上，而作者却注意到西窗竹下整日阴凉，这种对四周微妙环境的感知正是其心境平和的表现。

这首小诗表现了琴曲对人的教化作用，字句清新，有宁静平和的韵味。

清夜琴兴

［唐］白居易

月出鸟栖尽，寂然坐空林。

是时心境闲，可以弹素琴[1]。

清泠由木性[2]，恬澹随人心。

心积和平气，木应正始音[3]。

响余群动息[4]，曲罢秋夜深。

正声感元化[5]，天地清沉沉。

【作者简介】

白居易（772—846年），字乐天，号香山居士，又号醉吟先生，下邽（今陕西渭南）人。唐贞元十六年（800年）进士，曾任翰林学士、左拾遗等职。因上书言事获罪，被贬为江州司马，后又任杭州、苏州等地刺史，官至翰林学士、左赞善大夫。白居易与元稹共同倡导新乐府运动，世称"元白"，与刘禹锡并称"刘白"。会昌六年（846年），白居易在洛阳逝世，葬于香山。有《白氏长庆集》传世。

【注释】

[1] 素琴：不加装饰的琴。

[2] 木性：琴性。古琴由木制成。

[3] 正始音：即正声。白居易的《五弦弹》写道："正始之音其若何？朱弦疏越清庙歌。"

[4] 群动息：各种动静都停止下来。息，止息。

[5] 元化：造化，大自然的发展变化。

【简析】

白居易常在夜晚弹琴，这首《清夜琴兴》与《夜琴》《船夜援琴》《松下琴赠客》《对琴待月》《夜调琴忆崔少卿》等诗一样，都描写了深夜弹琴的景象。夜深人静之时，一切喧嚣散去，四周各种声响都归于寂静，低调素净的琴声更能与幽静清幽的月光融为一体，此时的琴声最为悠扬。《清夜琴兴》就表现出了这样的情景。

诗歌首先描绘了弹琴的环境，月照东山，鸟兽俱散，深林空空而作者独坐其中。作者此时的心境也与环境相契合，正适合弹奏琴曲。随后四句则描写了琴曲和弹琴时的心境。琴音或清泠、或恬澹，因为心境十分平和，弹奏出来的琴声也是正声雅乐。诗歌末尾则再次回到对环境的渲染上。琴声余音袅袅，天地万物再次安静下来，夜晚深沉而宁静，大自然似乎也受到了雅正琴曲的感染，逐渐变得沉静。

诗中描写的自然景物、琴声与弹奏者在寂静的背景下浑然一体，形成了宁静清幽而高洁的意境。月出鸟栖，万籁俱静，天地间唯有月、我与琴。拨动琴弦，弹奏出的是正声雅乐，心境平和而琴音清泠、悠扬，一曲终了，天地万物归于平静，而大自然的变化似乎也受到了正始之音的感染，四周清清沉沉。古雅的正始之音，心中的冲淡平和之情，与清幽高洁的月光、宁静广阔的大自然融为一体。而琴音在这首诗中，不再停留在审美娱乐的层面上，不仅具有陶冶情操的作用，更是上升到了与自然和谐一体的"道"的境界。琴音与大自然相互影响，宛若天籁。

听颖师[1]弹琴

[唐] 韩 愈

昵昵[2]儿女语，恩怨相尔汝[3]。

划然[4]变轩昂[5]，勇士赴敌场。

浮云柳絮无根蒂，天地阔远随飞扬。

喧啾[6]百鸟群，忽见孤凤凰。

跻攀[7]分寸不可上，失势一落千丈强。

嗟余有两耳，未省[8]听丝篁[9]。

自闻颖师弹，起坐[10]在一旁。

推手遽[11]止之，湿衣泪滂滂。

颖乎尔诚能[12]，无以冰炭置我肠！

【作者简介】

韩愈（768—824年），字退之，河阳（今河南孟州）人，郡望河北昌黎，世称韩昌黎。贞元八年（792年）进士及第，贞元末年任监察御史，因上书言事贬阳山令，后随裴度平淮西有功，迁刑部侍郎。元和十四年（819年）因上书谏阻宪宗迎佛骨，被贬潮州。穆宗时回朝，以吏部侍郎卒，谥号"文"，世称韩文公。韩愈是唐代古文运动的倡导者，提倡散体，务去陈言，其文各体兼擅，为"唐宋八大家"之首，与柳宗元并称"韩柳"，苏轼称他"文起八代之衰"。有《昌黎先生文集》传世。

【注释】

[1] 颖师：天竺来的和尚，善于弹琴。李贺《听颖师弹琴歌》："竺僧前立当吾门，梵宫真相眉棱尊。"

[2] 昵（nì）昵：亲密的样子。

[3] 相尔汝：彼此以尔汝相称，形容关系亲密。尔汝，你我。

[4] 划然：突然。

[5] 轩昂：形容音乐高昂。

[6] 喧啾：喧闹嘈杂。

[7] 跻（jī）攀：登高。用脚登高为跻，用手登高为攀。

[8] 未省（xǐng）：不懂得。

[9] 丝篁：即丝竹，泛指音乐。

[10] 起坐：起身。

[11] 遽（jù）：迅速。

[12] 能：指擅长弹琴。

【简析】

这首《听颖师弹琴》是音乐诗中的经典作品，与白居易《琵琶行》、李贺《李凭箜篌引》齐名。诗歌虽描写的是"听琴"，但用了很大篇幅来描写琴曲的变化多端，可谓精彩绝伦。

诗歌开门见山，没有进行任何背景、环境的铺垫，开篇直接进入对琴声的描绘。琴声初起时仿佛小儿女耳鬓厮磨，窃窃私语，骤然又变得昂扬激越起来，就像勇士即将奔赴战场时的战歌，高昂激烈，气势非凡。随后琴声又由刚转柔，但这时的柔和又与首二句的甜蜜、轻柔不同，此时的柔是浮云柳絮随风飘荡，是自由自在的轻快与飘逸，琴声的意境转为高远阔大，有悠悠不尽之感。忽然间，开阔飘逸的环境为喧嚣所代替，在低沉的喧闹中，琴的主音却高亢轩昂，正如一只凤凰立在喧啾的群鸟之间。琴音一路昂扬直上，直至高到难以再高时，突然直转而下，仿佛从刚才攀援而上的山顶一落千丈，产生了极大的冲击力。诗歌前半部分用十句描写了琴音的变化多样，采用多个生动形象的比喻，从多角度描写了琴声的丰富与精彩，突出了琴声的优美动听。

后八句写作者自己听琴的感受。"嗟余有两耳，未省听丝篁"二句首先谦虚地声明了自己不懂得欣赏音乐，但听到颖师的琴声，也情不自禁地受其感染，从座中起身站至一旁倾听，直至泪流不止，沾湿衣襟，实在难以再听下去，才急忙挥手请颖师停下来。末二句形容琴声之动人心魄，好似同时以冰与炭投入人心，让人饱受冷暖交错之苦，引起感情上的剧烈波动，进一步渲染颖师琴技的高超。

全诗起伏跌宕，层见叠出，变化无穷。描写声音精细入微，生动形象；巧于比喻，或比之以儿女柔情，或比之以英雄壮志，忽而是白云柳絮，忽而是百鸟群孤凤凰，展现出韩愈极为高超的艺术创作水平，不愧是描写音乐的千古名作。

江上琴兴

[唐] 常 建

江上调玉琴，一弦清一心。

泠泠^[1]七弦遍，万木澄幽阴^[2]。

能使江月白，又令江水深。

始知梧桐枝^[3]，可以徽黄金^[4]。

【作者简介】

常建（生卒年不详），长安（今陕西西安）人，开元十五年（727年）与王昌龄同榜及进士第。天宝中曾任盱眙尉，仕途颇不得意，后隐居于武昌。著有《常建诗集》，《全唐诗》存诗一卷。

【注释】

[1] 泠泠：形容琴声清越。

[2] 幽阴：幽深、阴静。

[3] 梧桐枝：古琴多用梧桐木制成。

[4] 徽黄金：以黄金为琴徽。

【简析】

诗歌通过对江上弹琴场景的描写，颂赞了琴声怡情养性的作用。

　　诗歌首先描写的是琴声对人心的感染力，"一弦清一心"指的是琴弦每被拨动一次，听者的内心就感到清净一分。而遍弹七弦，在清越的琴声中，不仅听者有清明澄澈之感，自然中的树木也更加幽深、阴静了。甚至江面上月光莹润洁白、江水黑沉深静，仿佛都是受到了悠扬琴声的感染。这时作者方知琴之高雅与奥妙，于是感叹"始知梧桐枝，可以徽黄金"！

　　作者写江上琴兴，但并不拘泥于对琴声的描绘，而是通过对自然的感受来衬托出琴声之美妙。在悠扬的琴声中，但见月光倾泻在幽静的江面上，万木倒影静静地映在水中，而这一切都沐浴在悠扬高雅的琴声中，构成了一幅景中有情、画中有声，情景交融的美妙场景，传达出琴声净化人心、净化自然的奇妙境界。

张山人[1] 弹琴

[唐] 常 建

君去芳草绿，西峰弹玉琴。

岂惟丘中[2]赏，兼得清烦襟[3]。

朝从山口还，出岭闻清音。

了然云霞气，照见天地心。

玄鹤下澄空，翩翩舞松林。

改弦扣商声[4]，又听飞龙吟。

稍觉此身妄[5]，渐知仙事深。

其将炼金鼎[6]，永矣投吾簪[7]。

【作者简介】

常建（生卒年不详），长安（今陕西西安）人，开元十五年（727年）与王昌龄同榜及进士第。天宝中曾任盱眙尉，仕途颇不得意，后隐居于武昌。著有《常建诗集》，《全唐诗》存诗一卷。

【注释】

[1] 山人：指隐士。

[2] 丘中：山中。

[3] 烦襟：烦闷的内心。

[4] 商声：琴的声调之一，古琴有"宫、商、角、徵、羽"五声。

[5] 妄：虚妄。

[6] 炼金鼎：道士用金鼎炼丹，以求长生。此处代指道家修行。

[7] 投吾簪：弃簪散发，指弃官隐居。孔稚珪的《北山移文》写道：
"昔闻投簪逸海岸，今见解兰缚尘缨。"

【简析】

　　这首诗借描写听张山人弹琴以抒发作者自己的隐逸情怀。

　　诗歌前四句先介绍了听琴的环境及背景。芳草鲜美，漫步之时听闻
张山人在西峰弹琴，作者沉浸在山中美景与悠扬的琴声中，身心都得到
了涤荡，内心的烦闷也因此一洗而空。随后八句则描写了听琴的具体感
受。漫步在山林之中，清幽的琴声仿佛与自然融为一体，弥漫着云霞之
气，像天地一般广阔无垠。琴声之俊逸忽而像玄鹤从九天扶摇而下，在
松林间翩翩飞舞；忽而转为商调，其雄厚浑然又像飞龙在空中吟啸。末
四句抒发了自己在听琴之后的内心感触和隐逸情怀。在如此悠扬、空灵
之琴声的感染下，作者逐渐理解了道家求仙问道之事，并由此产生了从
此弃官隐居的想法。

　　与许多听琴诗不同，常建这首《张山人弹琴》描写的并不是近距离
听琴，而是在山口或出岭时远距离听到西峰的张山人弹琴。因此作者并
不着重描写琴音变化的细微之处，而是从宏大场面上刻画琴曲给人的整
体感受；不追求摹拟琴声，而注重突出刻画琴曲之神韵，兴象合一，浑
然天成。

席间咏琴客[1]

[唐] 崔珏

七条弦[2]上五音[3]寒，此艺知音自古难。
惟有河南房次律[4]，始终怜得董庭兰[5]。

【作者简介】

崔珏，生卒年不详，字梦之。清河（今河北清河）人，曾经居住在荆州。唐大中年间进士及第，曾为魏国公崔铉幕僚，为其知赏，荐入朝为秘书郎，后为淇县令，官至侍御。《全唐诗》存其诗一卷。

【注释】

[1] 琴客：弹琴的艺人。

[2] 七条弦：古琴有七弦。

[3] 五音：指古琴的"宫、商、角、徵、羽"五音。

[4] 房次律：房琯，字次律，河南人，唐玄宗时任宰相。

[5] 董庭兰：唐玄宗时期有名的古琴演奏家，曾以琴艺为宰相房琯所赏识，为其门客。因在家中排行第一，也称董大，高适有诗《别董大》，李颀有诗《听董大弹胡笳声兼寄语弄房给事》。

【简析】

据《唐摭言》记载，魏国公崔铉极为欣赏一位善弹琴之人，想助其扬名天下，于是"命以乘马迎珏，共赏绝艺。珏应召而至，公从容为客请一篇，珏方怀怫郁。因此发泄所蓄。诗曰：'七条弦上五音寒，此艺知音自古难，惟有河南房次律，始终留得董亭兰。'公大惭恚。"这段文字详细地叙述了这首诗的创作来历。

诗歌是崔珏应崔铉邀请，为席间演奏的琴客所作，因此前两句抒发了琴艺高雅而知音难觅的感慨，后两句则将崔铉与琴客之间的相遇相知比作房琯与董庭兰之间的友情。《旧唐书·房琯传》中有关于房、董二人的记载："琯又多称病……则听董庭兰弹琴，大招集琴客筵宴，朝官往往因廷兰以见琯"，可见房琯与董庭兰之间关系的亲密，房琯对董庭兰的琴艺可谓赞赏有加。但据《旧唐书》记载，房琯也正是因为对董庭兰宠信有加而被弹劾贬谪。崔珏应邀所作这首诗，诗中将崔铉、琴师比作房琯、董庭兰，虽是夸赞琴师高明，得遇知音赏识，但也或有借《旧唐书》的典故讽刺"朝官往往因廷兰以见琯"的意味。因此崔铉在崔珏作完诗之后，并没有感到欣慰，而是"大惭恚"，可见其从"惟有河南房次律，始终怜得董庭兰"两句中领会到了诗的真意。

闻道士弹思归引 [1]

[唐] 刘禹锡

仙公 [2] 一奏思归引，逐客 [3] 初闻自泫然 [4]。

莫怪殷勤 [5] 悲此曲，越声 [6] 长苦已三年。

【作者简介】

刘禹锡（772—842 年），字梦得，洛阳（今河南洛阳）人。贞元九年（793 年）进士及第，当年又中博学宏词科，官监察御史。永贞年间，参与王叔文推行的革新运动（永贞革新），被贬连州刺史，再贬朗州司马，后转迁连、夔、和等州任刺史。大和初年回朝为主客郎中，后受裴度推荐任太子宾客，故后世称"刘宾客"。其诗骨力豪劲，气韵沉雄，有"诗豪"之誉。有《刘梦得文集》四十卷，《全唐诗》编其诗十二卷。

【注释】

[1] 思归引：古琴曲名。

[2] 仙公：代指道士。

[3] 逐客：被贬谪之人，此处指作者自己。

[4] 泫然：垂泪的样子。

[5] 殷勤：恳切。

[6] 越声：思乡之声。据《史记·张仪列传》记载，越人庄舄在楚国做高官，不久得病，病后思念家乡，发出的声音也是越地的声音。刘禹锡《酬令狐相公赠别》："越声长苦有谁闻？老向湘山与楚云。"

【简析】

诗歌抒发了作者听闻道士弹奏《思归引》之后的思乡之情。

《琴操》曰："卫有贤女，邵王闻其贤而请聘之，未至而王薨。太子曰：吾闻齐桓公得卫姬而霸，今卫女贤，欲留之。大夫曰：不可。若其贤必不我听，若我听必不贤也。太子留之，后果不听，拘于深宫，遂援琴而作此，自缢而死。"可知《思归引》乃是卫女思乡而不可归，作以明志之曲。

这首《闻道士弹思归引》作于唐元和十二年（817年），刘禹锡因《元和十年自朗州召至京戏赠看花诸君子》一诗被贬三年。此时他听闻《思归引》自然容易引起思乡之情，因此初闻琴声，立刻引起内心悲痛的共鸣，泫然欲泣。而在诗中他自称"逐客"，可见这首诗不仅表达了他对故乡的思念，更抒发了连续被贬之后的愁苦与壮志未酬的抑郁不平。

听尹炼师[1]弹琴

[唐] 吴 筠

仙至乐本太一[2]，幽琴和乾坤。

郑声久乱雅[3]，此道稀能尊。

吾见尹仙公[4]，伯牙[5]今复存。

众人乘其流，夫子达其源。

在山峻峰峙，在水洪涛奔。

都忘迹[6]城阙[7]，但觉清心魂。

代乏识微者，幽音谁与论。

【作者简介】

吴筠，字贞节，一作正节，自号宗玄子，华州华阴（今陕西华阴）人。性高鲠，少举儒子业，进士落第后隐居河南镇平倚帝山（今河南镇平五朵山）。后入道门，以嵩山潘师正为师。玄宗多次征召，问及求仙问道之事，皆对以名教世务，并以微言讽帝，深蒙赏赐。与当时文士李白等交往甚密，后被高力士谗言所伤，归隐山林。唐大历十三年（778年）卒于剡中。弟子私谥"宗元先生"。有文集二十卷传世。

【注释】

[1] 尹炼师：一名善弹琴的道士。李群玉有诗《别尹炼师》。

[2] 太一：宇宙的本源。

[3] 郑声久乱雅：郑声指郑卫之声，本指春秋战国时期郑、卫两地的音乐与雅乐不同，《论语·阳货》："恶郑声之乱雅乐也"。此处指唐代燕乐盛行而清乐衰落的状况。

[4] 仙公：也称仙翁，代指道士。

[5] 伯牙：春秋战国时期一名琴艺高超的琴师。

[6] 迩：近。

[7] 城阙：城市，特指京城。

【简析】

这是一首借听琴以悟道的诗歌作品。

诗歌首先对琴道进行了颂赞，"至乐本太一，幽琴和乾坤"意为琴音能体认大道，达到天人合一的境界。即使在燕乐的影响下雅乐逐渐衰微，古琴依然是尊贵高雅的艺术。中间六句诗则是对尹炼师高超琴艺的描写与夸赞。作者将尹炼师比作春秋时期著名琴师伯牙，又尊称其为"夫子"，可见对尹炼师琴技的认可。在弹奏琴曲的技艺上，众人还在随波逐流之时，尹炼师就已经能抓住琴这一艺术最为本质的地方。他在弹奏表达"高山"之意的琴曲时，乐声俊秀耸峙；弹奏表达"流水"之意的琴曲时，乐声又带有波涛汹涌之感。听者不禁沉浸其中，全然忘记身处的喧嚣尘世，仿佛身心都被琴曲之清洗涤冲荡。诗歌末尾则抒发了琴音虽高雅，但知音难觅、无人共赏的感慨。

吴筠是道教中人，而琴曲的演奏者尹炼师是道家仙翁，因此在这首《听尹炼师弹琴》中，琴曲的高雅意境与道家的清心虚静相结合，展现出了独特的琴境。

听 琴

[唐] 孟 郊

飒飒^[1]微雨收，翻翻^[2]檞叶鸣。

月沉乱峰西，寥落三四星。

前溪忽调琴，隔林寒玎玎^[3]。

闻弹正弄声^[4]，不敢枕上听。

回烛^[5]整头簪，漱泉^[6]立中庭。

定步^[7]屐齿深^[8]，貌禅^[9]目冥冥。

微风吹衣襟，亦认宫徵声^[10]。

学道三十年，未免忧死生。

闻弹一夜中，会尽天地情^[11]。

【作者简介】

孟郊（751—814年），字东野，湖州武康（今浙江德清）人，祖籍平昌（今山东临邑）。孟郊两试进士不第，贞元十二年（796年）才中进士，曾任溧阳县尉。元和元年（806年）受河南尹郑余庆之荐，任职河南。元和九年（814年），郑余庆再度召他往兴元府任参军，同年他在阌乡（今河南灵宝）因病去世。孟郊有"诗囚"之称，与贾岛齐名，人称"郊寒岛瘦"，张籍私谥为"贞曜先生"。有《孟东野诗集》十卷。

【注释】

[1] 飒飒：拟声词。

[2] 翻翻：拟声词。

[3] 琤琤：玉器相击的声音，这里指代琴声。

[4] 正弄声：指正声雅乐。

[5] 回烛：重点灯烛。

[6] 漱泉：以泉水漱口。

[7] 定步：长久站立。

[8] 屐齿深：因久站导致木屐之齿在地上印下深深的痕迹。

[9] 貌禅：神情好像禅定。

[10] 宫徵声：代指音乐。琴有"宫、商、角、徵、羽"五声。

[11] 天地情：宇宙人生的妙理。

【简析】

这首诗表现了作者深夜听琴，为雅正的乐曲所动、伫立听琴的场景。其特别之处在于虽然以听琴作为诗歌的主题，但并不对琴声进行描写、刻画，全诗着重于描写作者自己从初闻琴声、为之沉醉到有所感悟的状态。

诗歌首二句首先对听琴场景进行了铺垫，夜深人静，雨霁云销，月落星沉，作者本已熄灯睡下，却忽然听闻前溪有琴声，其声穿过林泉，清脆悠扬。待到作者分辨出所弹的琴曲乃是雅乐郑声，便起身点烛、整装漱口、伫立中庭，以端庄的姿态来欣赏琴曲。琴声动听，乃至他在中庭站立良久，闭目冥想，貌若禅定，屐齿在地上留下深深印痕也浑然不觉，微风吹拂衣襟，而作者依旧沉醉于琴声中。诗歌末四句则写由乐曲引起的内心感悟，一夜听琴，悠扬的乐曲解开了作者数十年来对生死哀乐的困惑，作者也借此领会了宇宙人生的哲理。

　　这首诗语言清新，意境清幽，将琴曲之高雅升华到人生哲理的高度，有超然物外之感。

黄草峡[1] 听柔之[2] 琴

[唐] 元 稹

胡笳夜奏塞声寒，是我乡音听渐难。

料得小来辛苦学，又因知向峡中弹。

别鹤[3] 凄清觉露寒，离声渐咽[4] 命雏[5] 难。

怜[6] 君伴我涪州宿，犹有心情彻夜弹。

【作者简介】

元稹（779—831年），字微之，别字威明，河南洛阳（今河南洛阳）人，族中排行第九，也称"元九"。贞元九年（793年）明经及第，历任左拾遗、监察御史等职，因得罪宦官，贬江陵士曹参军。长庆二年（822年）拜相，后出任同州刺史，入为尚书右丞。太和四年（830年），出任武昌军节度使，次年去世，追赠尚书右仆射。有《元氏长庆集》传世。

【注释】

[1] 黄草峡：位于今重庆市长寿与涪陵交界处。

[2] 柔之：元稹继室裴淑，字柔之。

[3] 别鹤：古琴曲《别鹤操》。

[4] 咽：声音凝滞，形容悲切。

[5] 雏：古琴曲《凤将雏》。

[6] 怜：怜爱。

【简析】

元和十四年（819 年），元稹由通州（今四川达州）调任虢州（今河南灵宝），途经涪州（今重庆涪陵），在黄草峡作这首诗。诗歌渲染了琴曲之悲，也表达了元稹与妻子裴淑的深厚感情。

诗歌首二句是对所听琴曲的描绘。据《乐府诗集》记载，《别鹤操》乃是商陵牧子将与妻分离，怆然而悲，援琴而歌之曲，其曲调哀伤悲凉，因此元稹称之为"离声"。而元稹在妻子所弹奏的《别鹤操》《凤将雏》的乐曲声中，或想到与亲人之分别，或感慨仕途之坎坷，只觉一片凄清、更深露寒。但此时有妻子在身旁陪伴，她不辞旅途辛劳，深夜弹奏琴曲以相抚慰，可见二人情深意笃。《别鹤操》是裴淑时常演奏之曲，元稹另有一首诗《听妻弹别鹤操》也是描写听裴淑弹奏《别鹤操》的，诗云："别鹤声声怨夜弦，闻君此奏欲潸然。商瞿五十知无子，更付琴书与仲宣。"

听乐山人^[1] 弹易水^[2]

[唐] 贾 岛

朱丝弦^[3] 底燕泉^[4] 急，燕将^[5] 云孙^[6] 白日弹。

赢氏^[7] 归山^[8] 陵已掘^[9]，声声犹带发冲冠^[10]。

【作者简介】

　　贾岛（779—843 年），字阆仙，一作浪仙，幽州范阳（今河北涿州）人，自号"碣石山人"。早年出家为僧，法号无本，还俗后屡考进士不第。唐开成二年（837 年），任长江（今四川蓬溪）主簿，故世称"贾长江"。开成五年（840 年）迁普州司仓参军，会昌三年（843 年）在普州病逝。有《长江集》传世。

【注释】

　　[1] 乐（yuè）山人：姓乐的隐士。乐，姓氏。

　　[2] 易水：古琴曲《易水》。

　　[3] 朱丝弦：熟丝制的琴弦。

　　[4] 燕泉：指易水。易水流域，是战国时燕下都（燕国都城）所在地，故称燕泉。

　　[5] 燕将：指战国时期燕国将领乐毅。

　　[6] 云孙：第九代孙。亦泛指远孙。

[7] 嬴氏：秦始皇嬴政。

[8] 归山：埋葬。

[9] 陵已掘：指秦始皇陵曾被项羽盗掘。据《史记·高祖本纪》记载："汉王数项羽曰：'怀王约入秦无暴掠，项羽烧秦宫室，掘始皇帝冢，私收其财物。'"

[10] 发冲冠：指荆轲刺秦时怒发冲冠。《战国策·荆轲刺秦王》："太子及宾客知其事者，皆白衣冠以送之。至易水上，既祖，取道。高渐离击筑，荆轲和而歌，为变徵之声，士皆垂泪涕泣。又前而为歌曰：'风萧萧兮易水寒，壮士一去兮不复还！'复为慷慨羽声，士皆瞋目，发尽上指冠。"

【简析】

　　这首诗描写作者听乐山人弹琴曲《易水》的感受。前两句将乐山人赞为燕国大将乐毅的后代，夸赞其琴曲中有易水奔流之气势。后二句则用"风萧萧兮易水寒"的典故，夸赞乐山人的琴声中仍有怒发冲冠的豪放之气。"嬴氏归山陵已掘"指的是琴曲《易水》所描绘的场景。"荆轲刺秦"之事已经过去许久，但乐山人所弹奏的《易水》中仍有当年壮士怒发冲冠的激越澎湃之情，以历史典故与悲壮琴声结合，突出琴声之气势、琴艺之高超。

　　全诗短短四句，但句句扣题，篇幅虽短却结构紧凑，较快的节奏使诗句中饱含的气势能快速有力地抒发出来，不失为一篇精巧有力的短章。

听颖师弹琴歌

[唐] 李 贺

别浦^[1]云归桂花渚^[2]，蜀国弦^[3]中双凤语^[4]。

芙蓉叶落秋鸾离，越王夜起游天姥^[5]。

暗佩清臣^[6]敲水玉^[7]，渡海蛾眉牵白鹿^[8]。

谁看挟剑赴长桥^[9]，谁看浸发^[10]题春竹。

竺僧^[11]前立当吾门，梵宫真相^[12]眉棱尊。

古琴大轸^[13]长八尺，峄阳老树^[14]非桐孙。

凉馆^[15]闻弦惊病客^[16]，药囊^[17]暂别龙须席^[18]。

请歌^[19]直请卿相歌，奉礼^[20]官卑复何益。

【作者简介】

　　李贺（790—816年），字长吉，河南府福昌（今河南宜阳）人，郑王李亮后裔。曾居住在福昌昌谷，因此后世也称其为"李昌谷"。唐元和二年（807年）移居洛阳，曾为奉礼郎，后辞官归隐。元和十一年（816年）病卒。有《昌谷集》。

【注释】

　　[1] 别浦：银河，以其为牵牛、织女二星隔绝之地，故谓之别浦。李贺《七夕》："别浦今朝暗，罗帷午夜愁。"

[2] 桂花渚：指月亮。相传月中有桂，因此以此代称月亮。

[3] 蜀国弦：指琴。汉代蜀郡司马相如所用的琴被称为"蜀琴"，曾弹奏名曲《凤求凰》。

[4] 双凤语：指琴声如鸾凤和鸣，用司马相如弹《凤求凰》的典故。

[5] 天姥：天姥山，位于越州剡县。李白有诗名《梦游天姥吟留别》。

[6] 暗佩清臣：暗佩，佩玉于衣衫内而不外露。清臣，廉洁之臣。

[7] 水玉：水晶。

[8] 白鹿：神鹿。

[9] 长桥：用周处杀蛟的典故。《世说新语·自新》："义兴郡溪渚长桥下有苍蛟，吞啖人。周处执剑侧伺，久之遇出，于是悬自桥上投下蛟背，而刺蛟数创。"

[10] 浸发：用张旭以发浸墨书写的典故。《国史补》："旭饮酒辄草书，挥笔而大叫，以头韫水墨中而书之。"

[11] 竺僧：天竺之僧。

[12] 梵宫真相：佛殿中的罗汉，此处代指颖师。梵宫，本指梵天的宫殿，此处指佛寺。真相，真容。

[13] 轸：琴上用以转动琴弦的柱轴。

[14] 峄阳老树：指制作精良的琴。

[15] 凉馆：冷落之地。

[16] 病客：李贺自称之词。

[17] 药囊：李贺自称之词。李贺因病而多服药，因此自称"药囊"。

[18] 龙须席：以龙须草为席。

[19] 请歌：请求作诗赞美。

[20] 奉礼：官名。唐元和年间，李贺曾任奉礼郎。

【简析】

李贺这首《听颖师弹琴歌》与韩愈的《听颖师弹琴》都描写了听颖师弹琴的场景，二者都展现了颖师琴声的变化无穷。李贺这首诗又极具个人风格，想落天外，奇特精妙。

诗歌前八句对琴声之优美进行了绘声绘色的描绘。"别浦云归桂花渚"描绘出琴声的幽微变化，"蜀国弦中双凤语"暗用司马相如弹奏《凤求凰》的典故，刻画出琴声里的缠绵深情，"越王夜起游天姥"又摹状出琴声的飘渺空灵；而"暗佩清臣"可见琴声的清脆玲珑，"渡海蛾眉"可见琴声令闻者飘然欲仙；琴声时而有周处斩蛟之激烈，时而又有张旭狂草之潇洒。八句连用八个意象比喻琴声，将其变化无穷描写得淋漓尽致。

随后诗歌转为对弹琴者及琴的描写，交代了听琴作诗的背景，并对颖师及其琴都进行了一番夸赞。诗歌末四句则抒发了作者自己听琴的感受。"凉馆闻弦惊病客，药囊暂别龙须席"表明琴声变幻之丰富，使得作者沉醉其中，不禁起身聆听，与韩愈的《听颖师弹琴》中的"自闻颖师弹，起坐在一旁"有异曲同工之妙，二者都从侧面烘托出了颖师琴曲之动人心脾、令人沉醉。而"凉馆""药囊"等词与末二句"请歌直请卿相歌，奉礼官卑复何益"则表现了作者对于身居卑职的悲愤与自嘲。

与许多听琴诗全然不同，李贺这首诗歌并未先写听琴的背景及对琴师与琴的描绘，而是开门见山，直接对琴声之变幻精美进行描绘，随后再交代听琴的背景、抒发听琴的感受，这样的诗歌布局极为巧妙，极具李贺"奇诡"的个人风格。

听赵秀才弹琴

[唐] 韦 庄

满匣^[1]冰泉^[2]咽又鸣，玉音^[3]闲淡入神清。

巫山夜雨弦中起，湘水清波指下生。

蜂簇^[4]野花吟细韵，蝉移高柳迸残声。

不须更奏幽兰曲^[5]，卓氏^[6]门前月正明。

【作者简介】

　　韦庄（836—910年），字端己，京兆郡杜陵县（今陕西西安）人。早年屡试不第，乾宁元年（894年）再试时进士及第，历任校书郎、左补阙等职。天复元年（901年）入蜀为王建掌书记，天祐四年（907年）王建称帝，韦庄任左散骑常侍，次年升任宰相。武成三年（910年）八月逝世。有《浣花集》十卷。

【注释】

　　[1] 匣：琴匣。

　　[2] 冰泉：清泉，形容琴声清脆。元稹《五弦弹》："呜呜暗溜咽冰泉，杀杀霜刀涩寒鞘。"

　　[3] 玉音：形容琴声清越。

　　[4] 簇：聚集。

[5] 幽兰曲：古琴曲《幽兰操》。

[6] 卓氏：卓文君。《史记·司马相如列传》："相如之临邛，从车骑，雍容闲雅甚都。及饮卓氏，弄琴，文君窃从户窥之，心悦而好之。"

【简析】

韦庄的诗歌情致深婉、包蕴丰厚，这首听琴诗也体现出他清丽的诗歌风格。

诗歌使用了多个比喻来表现琴声的悠扬变化。首先以"冰泉"咽鸣、"玉音闲淡"形容琴声初奏的清越，随后的"巫山夜雨弦中起，湘水青波指下生"二句则描绘出琴声由清脆转为柔和温婉，既像巴山缠绵的夜雨，又像湘水荡漾的清波，可见琴声之柔美悠扬。颈联则又通过声调的高低来突出琴声的变幻，琴声时而如聚集在花朵上低沉的蜂鸣，时而又像奋起一搏声音高亢的蝉叫。诗人在首、颔、颈三联连用六个物象比喻琴声，生动形象地将琴声表现得淋漓尽致，随后在诗歌的尾联对琴声进行了情感表现的刻画。"卓氏门前月正明"一句用的是司马相如以琴声打动卓文君、博得美人青睐、收获爱情的典故，而"不须更奏幽兰曲"则表明赵秀才之琴声比司马相如更能打动人心，足见其琴艺之高超，琴声之令人沉醉。

诗歌选取了数个清冷典雅的意象，与琴那高洁的艺术魅力十分契合，形象又具体地表现出优美、典雅的琴境。

风中琴

[唐] 卢 仝

五音^[1]六律^[2]十三徽^[3]，龙鸣鹤响思庖羲^[4]。

一弹流水^[5]一弹月，水月风生松树枝。

【作者简介】

卢仝（775—835 年），自号玉川子，范阳（今河北涿州）人。近二十岁时，隐居少室山，不愿仕进，朝廷曾两度起用，均不就。曾作《月蚀诗》讽刺当时宦官专权，受到韩愈称赞。大和九年（835 年）甘露之变时，因留宿宰相王涯家，与王涯同时为宦官所害。有《玉川子诗集》。

【注释】

[1] 五音：琴有"宫、商、角、徵、羽"五音。

[2] 六律：六律是我国古乐的一种律制，按照乐音长短，把乐音分为六律和六吕，合称十二调。

[3] 十三徽：古琴上的十三个音位，根据琴弦分段后各段的交接点（或称节点）设置。

[4] 庖羲：即伏羲，传说中琴的创造者。汉代马融在《长笛赋》中写道："昔庖羲作琴，神农造瑟，女娲制簧，暴辛为埙。"

[5] 流水：古琴曲《流水》。

【简析】

诗歌名为"风中琴",但并不直接用"琴",而是在首句以琴的标志性特点"五音六律十三徽"点明所咏之物,随后则以"龙鸣鹤响"来比喻琴声,龙、鹤都是古代传说中极有灵性的动物,常与九天之上的仙人相伴,龙吟低沉淳厚、鹤鸣高亢清越,二者交替和鸣,其声灵动高洁。

后二句则由对琴声的描绘升华到对琴意的刻画。"一弹流水一弹月"暗用伯牙鼓琴的典故,指明琴声中有流水、明月之意境。而末句的"水月风生松树枝"与诗题"风中琴"相呼应,琴声中或有流水之意,或有明月之意,或像清风入林,连用"水""月""风""松"四个幽隽、闲雅的意象,共同刻画出一种清丽、幽远的意境。

诗歌意境闲远,尤其是"一弹流水一弹月"一句,以简洁、清丽的语言描绘出幽远、高雅的琴意,常为后人所称道,与杜甫的"半入江风半入云"(《赠花卿》)凑成了一副优美的集句联。

琴 诗

[宋] 苏 轼

若言琴上有琴声，放在匣^[1]中何不鸣？
若言声在指头上，何不于君指上听？

【作者简介】

苏轼（1037—1101 年），字子瞻，一字和仲，号"东坡居士"，
也称"苏东坡""苏仙""坡仙"，眉州眉山（今四川眉山）人。宋
嘉祐二年（1057 年）进士及第，曾在凤翔、杭州、密州、徐州、湖州
等地任职。元丰三年（1080 年），因"乌台诗案"被贬为黄州团练副使，
后任翰林学士、侍读学士、礼部尚书等职，并出知杭州、颍州、扬州、
定州等地，绍圣元年（1094 年）因新党执政被贬惠州、儋州。元符三
年（1100 年），朝廷颁行大赦，苏轼北还。建中靖国元年（1101 年）
于常州病逝，谥号"文忠"。有《东坡七集》《东坡易传》《东坡乐府》。

【注释】

[1] 匣：琴匣。

【简析】

苏轼的许多诗歌都极具哲理性，这首《琴诗》以琴为名，实际上却

是借琴来阐述深刻、幽微的哲理。

诗歌前后两部分各用了一个假设和反问，以佛偈的形式分别从琴和弹琴者两个方面来阐释事物相辅相成、缺一不可的道理，极具辩证思维。《楞严经》："譬如琴瑟、箜篌、琵琶，虽有妙音，若无妙指，终不能发，汝与众生亦复如是。"可见这首《琴诗》的哲理来源于佛经，并以通俗而极具趣味性的语言对其进行了阐释，简单明白的诗句中蕴含着深厚的哲学道理，颇有禅家机趣。

听僧昭素^[1]琴

[宋] 苏 轼

至和无攫醳^[2]，至平无按抑^[3]。

不知微妙声，究竟从何出。

散我不平气，洗我不和心。

此心知有在，尚复此微吟^[4]。

【作者简介】

苏轼（1037—1101 年），字子瞻，一字和仲，号"东坡居士"，也称"苏东坡""苏仙""坡仙"，眉州眉山（今四川眉山）人。宋嘉祐二年（1057 年）进士及第，曾在凤翔、杭州、密州、徐州、湖州等地任职。元丰三年（1080 年），因"乌台诗案"被贬为黄州团练副使，后任翰林学士、侍读学士、礼部尚书等职，并出知杭州、颍州、扬州、定州等地，绍圣元年（1094 年）因新党执政被贬惠州、儋州。元符三年（1100 年），朝廷颁行大赦，苏轼北还。建中靖国元年（1101 年）于常州病逝，谥号"文忠"。有《东坡七集》《东坡易传》《东坡乐府》。

【注释】

[1] 昭素：杭州僧人。

[2] 攫醳（jué shì）：弹琴的指法。攫，拨动；醳，停止。

[3] 按抑：弹琴的指法，用左手按弦。

[4] 微吟：小声吟咏。

【简析】

这首诗描写了作者听僧人昭素弹琴后的内心感受，表达了作者对其琴艺的赞赏，抒发了作者在听琴之后内心情感的变化与感触。

诗歌前四句是对昭素弹琴的刻画。昭素的姿态十分平和，演奏之时，其指法没有明显的扬抑变化。"不知微妙声，究竟从何出"则流露出《琴诗》中"琴指之问"的哲学意味，弹琴之指无"攫醳""按抑"的变化，那微妙的琴音究竟是源于琴，还是源于指？后四句抒发了作者内心的情感变化。"散我不平气，洗我不和心"指的是在优美琴声的涤荡下，作者内心的不平之气逐渐消散。这首《听僧昭素琴》作于熙宁七年，此时苏轼因反对新法，与新任宰相王安石政见不合，被迫离京，心中自然有愤懑之情，而昭素"至和至平"的琴声则有效缓和了作者心中的郁垒。无论琴声是从"琴"出还是从"指"出，其源头都是心境的平和宁静。因此《唐宋诗醇》中评价此诗"是真识琴中意也"。

舟中听大人^[1]弹琴

[宋] 苏 轼

弹琴江浦^[2]夜漏永，敛衽^[3]窃听^[4]独激昂。

风松^[5]瀑布^[6]已清绝，更爱玉佩^[7]声琅珰。

自从郑卫^[8]乱雅乐，古器^[9]残缺世已忘。

千家寥落独琴在，有如老仙不死阅兴亡。

世人不容独反古，强以新曲求铿锵^[10]。

微音淡弄忽变转，数声浮脆如笙簧^[11]。

无情枯木^[12]今尚尔，何况古意堕渺茫。

江空月出人响绝，夜阑^[13]更请弹文王^[14]。

【作者简介】

苏轼（1037—1101年），字子瞻，一字和仲，号"东坡居士"，也称"苏东坡""苏仙""坡仙"，眉州眉山（今四川眉山）人。宋嘉祐二年（1057年）进士及第，曾在凤翔、杭州、密州、徐州、湖州等地任职。元丰三年（1080年），因"乌台诗案"被贬为黄州团练副使，后任翰林学士、侍读学士、礼部尚书等职，并出知杭州、颖州、扬州、定州等地，绍圣元年（1094年）因新党执政被贬惠州、儋州。元符三年（1100年），朝廷颁行大赦，苏轼北还。建中靖国元年（1101年）于常州病逝，谥号"文忠"。有《东坡七集》《东坡易传》《东坡乐府》。

【注释】

[1] 大人：对父母的敬称。这里指作者的父亲苏洵。

[2] 江浦：江边。

[3] 敛衽：整理衣袖，以示肃静。

[4] 窃听：静听。

[5] 风松：古琴曲《风入松》。

[6] 瀑布：古琴曲《瀑布》。

[7] 玉佩：古琴曲《清风摇玉佩》。

[8] 郑卫：郑卫之声。"郑卫乱雅乐"本指春秋战国时期郑、卫两地的音乐与雅乐不同。《论语·阳货》："恶郑声之乱雅乐也"，此处指唐代燕乐盛行而雅乐衰落。

[9] 古器：古代乐器。

[10] 铿锵：有节奏而响亮的琴声。

[11] 笙簧：乐器。

[12] 枯木：指琴。古人常用枯木制琴。

[13] 夜阑：夜深。

[14] 文王：古琴曲《文王操》。

【简析】

在这首诗中，苏轼借听琴表达了自己的音乐理念。

诗歌首二句交代了听琴的背景，夜深人静，江水悠悠，作者整理衣袖静听父亲苏洵弹奏琴曲。《风入松》《瀑布》音调清越绝伦，《清风摇玉佩》则更显琅珰清脆。第五句起，作者转而表达自己的音乐理念。所谓"郑卫乱雅乐"，指的是唐代燕乐兴起、传统雅乐衰落的现象。这一现象一直持续到北宋，以至于许多古代的传统乐器都已被世人遗忘，唯有"琴"这一乐器依然保持着不可动摇的地位，仿佛一位历经沧桑、阅尽兴亡的仙人。世人难以接受琴的古音，因此作新曲以铿锵之声相对抗。枯木所制古琴如今尚且遭受这样的厄运，古乐中的古意只会堕入更加微茫、消弭的境地。末句诗歌再次回到对听琴场景的描绘。夜色阑珊，四周更加宁静，月光倾泻之下，江上一片茫茫。在枯木尚在，"古意堕渺茫"的感叹中，用"江空月出人响绝，夜阑更请弹文王"作结尾，表达了作者以"琴"作为正声雅乐的态度。

唐代燕乐盛行而雅乐衰落，这让许多文人雅士痛心疾首，自中晚唐以来，有许多诗人都创作过同类感慨的诗篇，如白居易的《废琴》、吴筠的《听尹炼师弹琴》等。到了宋代，苏轼对雅乐的衰落十分惋惜，也更加珍重流传下来的琴。在诗中他称赞琴声清绝，并将其比作历经盛衰的仙人，可见在苏轼心中，"琴"是十分高洁、秀逸的。

夜坐弹琴有感二首呈圣俞 [1]（其一）

[宋] 欧阳修

吾爱陶靖节 [2]，有琴常自随。

无弦 [3] 人莫听，此乐有谁知？

君子笃自信，众人喜随时。

其中苟有得，外物 [4] 竟何为。

寄谢伯牙子 [5]，何须钟子期。

【作者简介】

欧阳修（1007—1072 年），字永叔，号醉翁，又号"六一居士"，吉州永丰（今江西吉安）人。天圣八年（1030 年）进士及第，历仕三朝，宋仁宗时任知制诰、翰林学士；英宗时，官至枢密副使、参知政事；神宗朝，迁兵部尚书、太子少师。熙宁四年（1071 年）退居颍州，次年卒。死后累赠太师、楚国公，谥号"文忠"，故世称"欧阳文忠公"。有《欧阳文忠集》传世。

【注释】

[1] 圣俞：梅尧臣，字圣俞。

[2] 陶靖节：陶渊明，世号"靖节先生"。

[3] 无弦：陶渊明的琴。《晋书·陶潜传》："性不解音，而畜素

琴一张，弦徽不具。每朋酒之会，则抚而和之，曰："但识琴中趣，何劳弦上声。'"

[4] 外物：身外之物。此处指琴声。

[5] 伯牙子：俞伯牙。

【简析】

欧阳修极为爱琴，也善于弹琴。他号"六一居士"，在自传《六一居士传》中指出"吾家藏书一万卷，集录三代以来金石遗文一千卷，有琴一张，有棋一局，而常置酒一壶""以吾一翁，老于此五物之间，是岂不为六一乎？"欧阳修也有许多以琴入诗的作品，而《夜坐弹琴有感二首呈圣俞（其一）》就表明了作者重视琴意，认为无须关注琴声的音乐理念。

诗歌首先表明了作者对陶渊明的喜爱。《晋书·陶潜传》："（陶潜）性不解音，畜素琴一张，弦徽不具。每朋酒之会，则抚而和之，曰：'但识琴中趣，何劳弦上声。'"这里所谓的"但识琴中趣，何劳弦上声"即为欧阳修诗中的"其中苟有得，外物竟何为"，只要自己能从中领会到琴意，又何须在意琴弦之声这种身外之物呢？作者也在诗中表达了琴意只需自得，不需知音相赏，更不必迎合世俗的潮流。"寄谢伯牙子，何须钟子期"以"翻案法"从反面着笔，并不表达对"伯牙子期"知音相赏的夸赞，而是表明伯牙不需钟子期的欣赏，自可在弹琴中怡然自得。

这是一首唱和诗，欧阳修与梅尧臣同为北宋前期诗文革新运动的领袖，时常互相唱和。梅尧臣有诗《次韵和永叔夜坐鼓琴有感二首》，对欧阳修的两首琴诗进行了回应，其一即为本诗，其二则云："夜坐弹玉琴，琴韵与指随。不辞再三弹，但恨世少知。知公爱陶潜，全身衰弊时。有琴不安弦，与俗异所为。寂然得真趣，乃至无言期。"对欧阳修在弹琴、听琴中达到的"得意忘言"的境界表示欣赏。

赠无为军[1]李道士[2]（其一）

[宋] 欧阳修

无为道士三尺琴[3]，中有万古无穷音。

音如石上泻流水[4]，泻之不竭由源深。

弹虽在指声在意，听不以耳而以心。

心意既得形骸[5]忘，不觉天地白日愁云阴。

【作者简介】

　　欧阳修（1007—1072年），字永叔，号醉翁，又号"六一居士"，吉州永丰（今江西吉安）人。天圣八年（1030年）进士及第，历仕三朝，宋仁宗时任知制诰、翰林学士；英宗时，官至枢密副使、参知政事；神宗朝，迁兵部尚书、太子少师。熙宁四年（1071年）退居颍州，次年卒。死后累赠太师、楚国公，谥号"文忠"，故世称"欧阳文忠公"。有《欧阳文忠集》传世。

【注释】

　　[1] 无为军：今安徽无为县。"军"是宋代地方行政区划名，直辖于"路"。

　　[2] 李道士：欧阳修自注其"名景仙"。

　　[3] 三尺琴：《琴操》："伏羲作琴，长三尺六寸六分"。

[4] 石上泻流水：古琴曲有《石上流泉》。

[5] 形骸：人的躯体。

【简析】

　　这是一首赠友诗，作者对道士李景仙的琴艺表示赞叹，并表达了自己的听琴所得。

　　诗歌首二句对李道士及其琴进行了简单的介绍，在《赠无为军李道士（其二）》中作者对李道士的琴的外表进行了描绘——"李师琴纹如卧蛇"，但在这首诗中，只简要地称其为"三尺琴"，就是这把三尺琴，其音美妙无穷。紧接着的两句对"万古无穷音"进行详细介绍，琴声有如流水从石头上倾泻下来一样，畅快、清越，而因源泉深远，其声悠然不竭。随后的六、七句开始抒发作者听琴的心得：弹琴虽用手指，却表现了弹者的思想；听琴虽用耳朵，但主要是用心去体会。"声在意""听以心"，寥寥数字，就生动刻画出善弹琴者、善听琴者的形象。而末二句则由听琴上升到了哲学层面，"心意既得形骸忘"颇有《庄子》的"得意而忘言"的哲理意味。弹琴者李道士参禅悟道的道士身份，以琴音使听者沉醉，作者更从中领会到了无尽的哲理。

　　欧阳修的音乐鉴赏力很高超，"弹虽在指声在意，听不以耳而以心"这两句诗一直是人们传诵的名言。这首诗从听琴出发，展现出"得意忘形"的超然境界，具有令人回味无穷的艺术魅力。

赠潘道士 [1]

[宋] 欧阳修

门无车辙紫苔侵 [2]，鸡犬萧条 [3] 陋巷深。
寄语弹琴潘道士，雨中寻得越江吟 [4]。

【作者简介】

欧阳修（1007—1072 年），字永叔，号醉翁，又号"六一居士"，吉州永丰（今江西吉安）人。天圣八年（1030）进士及第，历仕三朝，仁宗时，任知制诰、翰林学士；英宗时，官至枢密副使、参知政事；神宗朝，迁兵部尚书、太子少师。熙宁四年（1071）退居颍州，次年卒。死后累赠太师、楚国公，谥号"文忠"，故世称"欧阳文忠公"。有《欧阳文忠集》传世。

【注释】

[1] 潘道士：名不可考。或为欧阳修另一首诗《叔平少师去后会老堂独坐偶成》中的"弹琴道士"。刘敞《潘道士》："上清宫中老道士，曾从先皇去封祀。"

[2] 紫苔侵：年久的苔藓颜色变紫。

[3] 萧条：凋零。

[4] 越江吟：古琴曲《越江吟》。

【简析】

同为赠予道士友人的诗歌作品，《赠无为军李道士》抒发了欧阳修听琴时的心得，而这首《赠潘道士》则呈现出一种幽静、闲适的氛围。

诗中的潘道士身居简陋的深巷，门前长期无车马经过，以至于苔藓不断侵入路面。可见潘道士为人高洁，不喜与人结交，非蝇营狗苟之辈，颇有陶渊明"结庐在人境，而无车马喧"的大隐隐于市的意味。诗歌后两句是说寻得了《越江吟》曲谱，邀请琴艺高超的潘道士共赏。据《续湘山野录》记载，《越江吟》是宋太宗喜爱的"琴曲十小词"之一，他曾"命近臣十人各探一调，撰一词"，可见此曲曲调优美。

诗歌语调悠闲，环境的宁静恬淡与以琴相知、安然自处的二人形象相得益彰，意境幽远、闲适。

题孟东野听琴图 [1] 因次其韵

[宋] 楼 钥

谁欤住前溪，夜深以琴鸣。

天高颢气 [2] 肃，月斜映疏星。

橡林助萧瑟，泉声激琮琤 [3]。

弹者人定佳，能使东野听。

束带 [4] 不立朝，遥夜甘空庭。

龙眠 [5] 发妙思，神交穷杳冥 [6]。

不见弹琴人，画出琴外声。

郊寒 [7] 凛如对，作诗太瘦生 [8]。

恨不从之游，抚卷空含情。

【作者简介】

楼钥（1137—1213 年），明州鄞县（今浙江宁波）人，字大防，旧字启伯，自号"攻媿主人"。宋隆兴元年（1163 年）进士，调温州教授，历任中书舍人、翰林学士、吏部尚书、翰林侍讲等职。嘉定六年（1213年）卒，赠少师，谥号"宣献"。有《攻媿集》传世。

【注释】

[1] 孟东野听琴图：北宋画家李公麟所作的画。

[2] 颢气：洁白清新之气。

[3] 琮琤（cóng zhēng）：玉声，常用来形容水石相击之声。

[4] 束带：整饰衣冠。

[5] 龙眠：即李公麟，北宋画家。字伯时，号龙眠居士。

[6] 杳冥：高远而不能见的地方。

[7] 郊寒：苏轼称孟郊与贾岛的诗为"郊寒岛瘦"。

[8] 太瘦生：面容消瘦。李白《戏赠杜甫》："借问别来太瘦生"。

【简析】

　　《孟东野听琴图》是北宋画家李公麟依孟郊诗歌《听琴》所作，描绘的是孟郊临溪伫立听琴的场景，楼钥这首诗是题画诗，所次的则是孟郊《听琴》诗之韵，表达了对孟郊的景仰。

　　诗歌前十句描写了《孟东野听琴图》中的场景。月斜星疏，风穿林叶，泉水琮琤，正是夜深人静之时，孟郊束带独立溪边，遥望夜空，静听琴声。接下来的四句是对李公麟画艺的赞美，画中虽不见弹琴之人的身影，却展现出琴声之妙。诗歌末四句则表达了作者对孟郊的景仰之情，只叹孟郊的风姿存在于画中，作者无法与之同游，因此只能抚卷空叹。

　　诗歌中，作者观察细致入微，将李公麟画中之景与孟郊诗中之情紧密结合，既将孟郊的形象刻画得脱俗出尘，又展现出李公麟画艺之高超，是"诗中有画，画中有诗"的典范。

赠琴僧知白 [1]

[宋] 梅尧臣

上人 [2] 南方来，手抱伏牺器 [3]。

颓然造我门，不顾门下吏。

上堂弄金徽 [4]，深得太古意。

清风萧萧生，修竹摇晚翠。

声妙非可传，弹罢不复记。

明日告以行，徒兴江海思 [5]。

【作者简介】

梅尧臣（1002—1060 年），字圣俞，世称"宛陵先生"，北宋著名现实主义诗人。宣州宣城（今属安徽宣城）人，宣城古称宛陵，因此其也称"宛陵先生"。初试不第，皇祐三年（1051 年）始得宋仁宗召试，赐同进士出身，为太常博士。曾任国子监直讲，累迁尚书都官员外郎，故世称"梅直讲""梅都官"。有《宛陵先生集》传世。

【注释】

[1] 知白：僧人，曾学琴于著名琴僧夷中并得其真传。欧阳修有诗《送琴僧知白》。

[2] 上人：对僧人的敬称。

[3] 伏牺器：代指琴。伏牺，即伏羲，传说中琴的创造者。

[4] 金徽：金色的琴徽，代指琴。

[5] 江海思：避世退隐之心。《庄子·刻意》："就薮泽，处闲旷，钓鱼闲处，无为而已矣；此江海之士，避世之人。"

【简析】

　　知白是北宋著名琴僧夷中的弟子，其琴艺高超，与北宋诸多文人都有交游。这首《赠琴僧知白》也体现了知白与梅尧臣熟稔的关系，赞美了知白高妙的琴艺。

　　诗歌前半部分描绘了知白洒脱随性的品格。知白自南方而来，手中抱琴，可见其姿态潇洒；拜访梅尧臣，却不顾府中门下之吏，不拘礼节，可见其性格随性；而他径直上堂演奏，琴声中却有太古之意，可见其品格高古。寥寥数句，就将知白高雅的形象跃然纸上。随后诗歌倏然转为对环境的描写，清风萧萧、竹林幽幽，衬托出知白之潇洒风姿。而知白的琴声更是精妙至极，令人沉醉其中，乃至听罢已然忘其曲调。"明日告以行，徒兴江海思"则是说知白即将辞行远游，而作者受世俗事务之累，无法与之同游，只能徒有避世退隐之心罢了。

舟至崔桥^[1] 士人张生^[2] 抱琴携酒见访

[宋] 苏舜钦

晚泊野桥下，暮色起古愁。

有士不相识，通名^[3] 叩^[4] 余舟。

铿铿^[5] 语言好，举动亦风流。

自鸣紫囊琴^[6]，泻酒^[7] 相献酬^[8]。

余少在仕宦，接纳^[9] 多交游。

失足^[10] 落坑阱，所向逢弋矛^[11]。

不图^[12] 田野间，佳士来倾投^[13]。

山林^[14] 益有味，足可销吾忧。

【作者简介】

　　苏舜钦（1008—1048 年），梓州铜山县（今四川中江）人，字子美，号沧浪翁，苏舜元弟。景祐元年（1034 年）进士。出任蒙山县令，历任大理评事、集贤殿校理，监进奏院等职位。庆历四年（1044 年），因以奏封的废纸换钱置酒饮宴，遭到御史中丞王拱辰劾奏，罢职闲居苏州，修建沧浪亭。庆历八年（1048 年），担任湖州长史，未及赴任，因病去世。有《苏学士文集》《苏舜钦集》传世。

【注释】

[1] 崔桥：太康县（今属河南）西北、蔡河之东的崔桥镇。

[2] 张生：张姓书生，姓名不可考。

[3] 通名：通报姓名。

[4] 叩：敲击，指拜访。

[5] 铿铿：清晰明确。《后汉书·杨政传》："说经铿铿杨子行"。

[6] 紫囊琴：装在紫色囊袋里的琴。

[7] 泻酒：倒酒。

[8] 献酬：古时饮酒，主人敬宾客为献，宾客敬主人为酬。

[9] 接纳：结交朋友。

[10] 失足：指售故纸钱召妓乐、会宾客之事。

[11] 弋矛：攻击的武器。

[12] 不图：未曾预料。

[13] 倾投：倾慕投拜。

[14] 山林：退隐山林。

【简析】

北宋庆历五年（1045 年），苏舜钦离京南下，在去苏州的途中经过崔桥镇。这时他刚刚经历了因党争被弹劾下狱，乃至被削为平民、贬逐出京，其心中的愤懑不平可以想象。在陷入谷底，饱经世态炎凉之时，竟有素不相识的张姓书生携琴、酒拜访，自然能使苏舜钦感受到来自山林的温暖，因作此诗。

在这首诗中，张生携琴、酒来访，琴与酒成为展现张生"风流"的两个绝佳器物，而也正是张生的琴与酒，叩开了苏舜钦久为世俗所扰的心扉。此外，"琴"与"酒"在中国传统文化中有"出尘""飘逸"的特殊象征意义，让苏舜钦在感慨张生"风流"的同时，自己心中的忧愤也得到了纾解，并产生了归隐山林的想法。

听崇德君 [1] 鼓琴

[宋] 黄庭坚

月明江静寂寥中，大家 [2] 敛袂抚孤桐 [3]。

古人已矣古乐在，仿佛雅颂 [4] 之遗风。

妙手不易得，善听良独难。

犹如优昙华 [5]，时一出世间。

两忘琴意与己意，乃似不著十指弹。

禅心默默三渊 [6] 静，幽谷清风淡相应。

丝声 [7] 谁道不如竹，我已忘言得真性。

罢琴窗外月沉江，万籁俱空七弦 [8] 定。

【作者简介】

　　黄庭坚（1045—1105年），字鲁直，自号山谷道人，晚号涪翁，洪州分宁（今江西修水）人。治平四年（1067年）进士。历任叶县县尉、校书郎、起居舍人、国史编修官等。晚年被贬涪州别驾，徽宗即位后，一度起用，不久又因文字罪除名，贬宜州（今广西宜山）。崇宁四年（1105年）卒于宜州。有《山谷词》《豫章黄先生文集》等传世。

【注释】

　　[1] 崇德君：黄庭坚的姨母李夫人。米芾的《画史》写道，"朝议

大夫王之才妻，南昌县君李氏，尚书公择之妹，能临松竹木石等画"，其亦善琴。

[2] 大家（gū）：原指东汉才女班昭。《后汉书·列女传》："帝数召（班昭）入宫，令皇后诸贵人师事焉，号曰大家。"后"大家"常用作对妇女的敬称，此处代指崇德君李夫人。

[3] 孤桐：代指琴。古琴常以桐木制成。《尚书·禹贡》："孤，特也。峄山之阳特生桐，中琴瑟。"

[4] 雅颂：原为《诗经》中的"雅"部和"颂"部，后用以代指雅乐。

[5] 优昙华：即优昙钵华。《法华经》："如是妙法，诸佛如来，时乃说之，如优昙钵华，时一现耳。"

[6] 三渊：《庄子·应帝王》："鲵桓之审为渊，止水之审为渊，流水之审为渊。渊有九名，此处三焉。"

[7] 丝声：弦乐，此处指琴声。竹则指管乐。

[8] 七弦：指琴，琴有七弦。

【简析】

根据米芾《画史》的记载，崇德君多才多艺，在琴画上也有所建树。黄庭坚对这个姨母也十分尊敬，常欣赏其艺术作品，作有《姨母李夫人墨竹》《观崇德君墨竹歌》等诗歌作品。这首《听崇德君鼓琴》刻画出崇德君超然世外、琴艺高超的形象。

诗歌首二句对听琴的环境进行了描绘，月明江静，在一片悠然、寂静的氛围中，崇德君敛衣抚琴。随后八句夸赞崇德君的琴艺高超，其琴曲古意盎然，有上古雅乐之遗风，其玄妙有如佛法变化，偶尔才能出现一次。"两忘琴意与己意，乃似不著十指弹"则将崇德君弹琴之时出尘脱俗的姿态描绘得淋漓尽致，琴意、己意俱忘，琴声甚至不像由手指弹出来的，已经达到了物我两忘的超然境界。"禅心默默三渊静，幽谷清风淡相应"则以琴声与自然的和谐刻画出弹琴者深静、玄妙的心境，以至达到琴声能与自然万物相沟通的境界。而听琴之人也受到琴声的涤荡，陶醉其中，"得意忘言"。诗歌的末二句则再次回到对江、月的描写，月落江沉，万籁俱静，只有琴声仿佛还悠然不绝。

全诗以极具禅意的语言，将环境、琴声、弹琴者与听琴者的超然出尘描绘得形象具体，以对"琴我两忘"境界的刻画，展现出作者对琴理的独特理解。

孤 桐

[宋] 王安石

天质^[1]自森森^[2]，孤高几百寻^[3]。

凌霄不屈己，得地本虚心。

岁老根弥壮，阳骄叶更阴。

明时^[4]思解愠^[5]，愿斫五弦琴^[6]。

【作者简介】

　　王安石（1021—1086 年），字介甫，号半山，抚州临川（今江西抚州）人。庆历二年（1042 年）进士及第。历任舒州通判、群牧判官、三司度支判官、翰林学士等。熙宁二年（1069 年），升为参知政事，次年拜相，主持变法。因守旧派反对，熙宁七年（1074 年）罢相。一年后，再次起用，旋即又罢相，退居江宁。元祐元年（1086 年）病逝于钟山，谥号"文"，封荆国公。世称"王文公"，又称"王荆公"。有《临川集》传世。

【注释】

　　[1] 天质：天生的性质。

　　[2] 森森：形容树木茂盛繁密。

　　[3] 寻：古代丈量单位，八尺为一寻。

[4] 明时：政治清明的时代。

[5] 解愠：感知百姓的疾苦。

[6] 五弦琴：古琴。古琴有五弦。

【简析】

　　这是一首咏物诗，咏唱的是制琴的上好材料桐木。诗歌以物喻志，借孤桐挺拔不屈的特征和"可以解吾民之愠兮"的内在气质以自喻，寄托了作者忧国忧民的情怀。诗歌前六句分别描述桐木的孤高、不屈、虚心及老当益壮等众多优点，名为赞美桐树，实则借桐木自喻，抒发自己孤高不屈的胸怀与壮志。"明时思解愠，愿斫五弦琴"则歌颂的是"孤桐"为世间清明，不惜奉献自己生命的高尚情操，这也是作者对自己内心的剖白，表达了其同样愿意为解决民生疾苦而奉献自己的民胞物与情怀。

　　诗歌貌为言琴，实则字字都在表达作者自己的志向。王安石的改革之路十分坎坷，但他借这首诗抒发了自己愿为心中理想奉献一切的高尚情怀，诗中孤桐实际上寄托了作者伟大的牺牲精神。

鸣 琴

[宋] 范仲淹

思古理鸣琴，声声动金玉 [1]。

何以报昔人，传此尧舜曲。

【作者简介】

范仲淹（989—1052 年），字希文，吴县（今江苏苏州）人。大中祥符八年（1015 年）登进士第，授广德军司理参军。曾任龙图阁直学士，康定元年（1040 年）至庆历三年（1043 年），被派往西北前线，任陕西经略副使兼延州（今陕西延安）知州。庆历三年（1043 年）召回朝廷，拜枢密副使，改任参知政事。后因"庆历新政"变革被排斥出京，历任邠州、邓州、杭州、青州地方官。皇祐四年（1052 年）改知颍州，在赴任途中卒于徐州，谥号"文正"。有《范文正公集》传世。

【注释】

[1] 动金玉：形容声音优美动人。钱起《送李四擢第归觐省》："齐唱阳春曲，唯君金玉声。"

【简析】

范仲淹精于琴理，但并不仅仅将琴作为一种娱乐化的消遣工具，而认为琴声有社会教化的作用。在《今乐犹古乐赋》一文中范仲淹指出，"古之乐兮所以化人，今之乐兮亦以和民"，因此这首《鸣琴》并不仅仅是一首闲适诗，而带有政治教化意味。

诗题"鸣琴"二字源于《吕氏春秋·察贤》，"宓子贱治单父，弹鸣琴，身不下堂而单父治"，指的是鸣琴有教化民众的作用，因此范仲淹所作鸣琴诗，诗歌开篇的"思古"，更多的是怀念善于以乐治下的古人，在诗歌末尾他也将琴曲尊称为"尧舜"曲。因此诗歌展现出来的是范仲淹对上古时期政治清明、百姓和乐的怀念，反映了范仲淹作为一代名臣"先天下之忧而忧，后天下之乐而乐"的忧国忧民情怀，这也是范仲淹音乐美学理想的集中体现。

听真上人琴歌

[宋] 范仲淹

银潢^[1] 耿耿^[2] 霜稜稜^[3]，西轩月色寒如冰。

上人^[4] 一叩朱丝绳^[5]，万籁不起秋光凝。

伏牺^[6] 归天忽千古，我闻遗音泪如雨。

嗟嗟不及郑卫儿^[7]，北里南邻竞歌舞。

竞歌舞，何时休，师襄^[8] 堂上心悠悠。

击浮金^[9]，戛^[10] 鸣玉，老龙秋啼沧海底，幼猿暮啸寒山曲。

陇头^[11] 瑟瑟咽流泉，洞庭萧萧落寒木。

此声感物何太灵，十二衔珠下仙鹄^[12]。

为予再奏南风诗^[13]，神人和畅舜无为。

为予试弹广陵散^[14]，鬼物悲哀晋方乱。

乃知圣人情虑深，将治四海先治琴。

兴亡哀乐不我遁，坐中可见天下心。

感公遗我正始音^[15]，何以报之千黄金。

【作者简介】

范仲淹（989—1052 年），字希文，吴县（今江苏苏州）人。大中祥符八年（1015 年）登进士第，授广德军司理参军。曾任龙图阁直学士，康定元年（1040 年）至庆历三年（1043 年），被派往西北前线，任陕西经略副使兼延州（今陕西延安）知州。庆历三年（1043 年）召回朝廷，拜枢密副使，改任参知政事。后因"庆历新政"变革被排斥出京，历任邠州、邓州、杭州、青州地方官。皇祐四年（1052 年）改知颖州，在赴任途中卒于徐州，谥号"文正"。有《范文正公集》传世。

【注释】

[1] 银潢：银河。

[2] 耿耿：明亮的样子。

[3] 稜稜：形容严寒。

[4] 上人：对僧人的尊称。

[5] 朱丝绳：指琴弦。

[6] 伏牺：即伏羲，传说中古琴的制造者。

[7] 郑卫儿：原指演唱民间通俗音乐的郑地、卫地人。此处指演唱燕乐的人。

[8] 师襄：春秋时乐官。相传孔子学琴于师襄，《孔子家语》："孔子学琴于师襄子"。

[9] 浮金：一种特别的钟，由可以浮于水面的金属制成。

[10] 戛：敲击。

[11] 陇头：陇山，代指边塞。

[12] 仙鹤：即仙鹤。《述异记》（卷上）："哙参养母至孝，曾有……（鹤）为戎人所射，穷而归参，参收养疗治，疮愈放之。后鹤夜到门外，参秉烛视，鹤雌雄双至，各衔明月珠以置参家。"

[13] 南风诗：古琴曲《南风》。

[14] 广陵散：古琴曲名。

[15] 正始音：正声雅乐，指琴声。

【简析】

范仲淹喜爱音乐，通晓乐理，善于抚琴，也善于听琴，这首诗将真上人出神入化的琴技描绘得淋漓尽致。

诗歌开篇先对弹琴环境进行了描写，以"银潢""月色"等意象，"耿耿""棱棱""寒如冰"等词营造出清冷、高洁的环境氛围，为后文以多个飘逸、高雅的比喻来表现真上人的琴声作铺垫。在这样的环境中，真上人拨动琴弦，世间万物都为之静止，而作者听闻此琴声，有感于燕乐盛行而雅乐衰落的现实，不禁潸然泪下。随后作者以"击浮金""戛鸣玉""老龙啼""幼猿啸""瑟瑟流泉""萧萧寒木"等比喻生动地描绘出琴声之清越。又以"双鹤衔珠"的典故来表达真上人的琴声能打动九天仙鹤，也能感染神人、鬼怪，可见其琴声之优美动人。诗歌的结尾则将琴尊为正声雅乐，指出音乐乃是政治教化的一个重要部分，甚至可以影响社会的兴亡、人间的哀乐。

作者笔下的琴声无疑是与众不同的，不仅优美高雅，还具有一种清冷高绝、遗世独立的格调，这与诗歌首二句奠定的清冷高洁的基调十分契合。而作者在选择表现琴声的比喻意象时，也有意识地选取了"浮金""鸣玉""老龙""幼猿""流泉""寒木"等凄冷、苍劲的意象，共同刻画了苍凉、高雅的琴声意境。这与作者心怀天下，以琴声为社会教化的一部分的主张有关；而诗歌后半部分的"将治四海先治琴"的感慨，也体现出一个心忧天下的政治家对乐教的重视，表现出作者对礼乐治国传统思想的维护和继承。

无弦琴 [1]

[宋] 林希逸

道外元无器 [2]，聊横膝上琴。

本非弦可弄，自觉趣尤深。

早向声前悟，何劳指下寻。

昭文 [3] 元不鼓，钟子 [4] 谩知音。

赜 [5] 矣钟名哑 [6]，伤哉磬有心 [7]。

退之 [8] 如解此，十操 [9] 不应吟。

【作者简介】

林希逸（1193—1271年），字肃翁，号竹溪，又号鬳斋，晚年自号溪干，福清（今福建福清）人，南宋理学家。端平二年（1235年）进士。淳祐六年（1246年）召为秘书省正字，历任枢密院编修官、饶州知州、中书舍人。有《竹溪十一稿》传世。

【注释】

[1] 无弦琴：即没有弦的琴。萧统《陶靖节传》："渊明不解音律，而蓄无弦琴一张，每酒适，辄抚弄以寄其意。"

[2] 道外元无器：至上的道是没有形体的。王宗传《童溪易传》："道外无器，器外无道，其本一也。"

[3] 昭文：传说中有名的琴师。《庄子·齐物论》曰："有成与亏，故昭氏之鼓琴也；无成与亏，故昭氏之不鼓琴也。"

[4] 钟子：即钟子期，伯牙的知己。

[5] 賾：幽深玄妙。

[6] 钟名哑：即哑钟，指因未能调试而弃置的古乐钟。

[7] 磬有心：《论语·宪问》："子击磬于卫，有荷蒉而过孔氏之门者，曰：'有心哉，击磬乎！'"

[8] 退之：韩愈，字退之。

[9] 十操：韩愈所作十首琴诗，分别是《拘幽操》《歧山操》《越裳操》《雉朝飞操》《履霜操》《别鹄操》《将归操》《猗兰操》《残形操》《龟山操》。

【简析】

林希逸是南宋著名的理学家，在诗画上也有所造诣。他的诗作常常借诗说理，这首《无弦琴》亦借说琴阐释了"道外元无器"的哲学思想。

诗歌开篇首句统领全诗，"道外元无器"意为至上的道是没有实质的形体的，因此追求琴道也无须拘泥于琴的实体；"本非弦可弄"指无须琴弦，横琴膝上，即可领会其意趣。琴趣既然在其发声之前就已然领悟，又何须以指弹奏呢？接下来四句分别以四个典故为例，阐释了前面述说的哲理。末二句则举韩愈作"十操"之例，说明真正了解琴之"道"的人无须拘泥于琴弦、琴声、琴曲等外在的事物表象。

诗歌借琴说理，从陶渊明的"无弦琴"切入，阐释了"道外元无器"的哲学理念，使玄妙、晦涩的理学概念生动形象而又妙趣横生。

又闻琴作

[宋] 朱 熹

瑶琴清露后，寥亮^[1]发窗间。

韵逐回风远，情随玄夜阑^[2]。

端居^[3]独无寐，林扉^[4]空掩关。

起望星河落，哀弦方罢弹。

【作者简介】

朱熹（1130—1200 年），字元晦，又字仲晦，号晦庵，晚称晦翁，徽州婺源（今江西婺源）人。绍兴十八年（1148 年）进士，历任泉州同安县主簿、江东转运副使、湖南安抚使、焕章阁待制、宝文阁待制等。庆元二年（1196 年）因"庆元党禁"受诬革职。后被追赠为太师、徽国公，赐谥号"文"，故世称"朱文公"。著述甚多，有《四书章句集注》《太极图说解》《通书解说》《周易读本》《楚辞集注》等。

【注释】

[1] 寥亮：即"嘹亮"，清越响亮。

[2] 玄夜阑：夜晚将尽。玄夜，黑夜。阑，残、尽。

[3] 端居：闲居。

[4] 林扉：林中屋舍。

【简析】

朱熹不仅是著名理学家，也是精通古琴的学者。《宋史·乐志》："朱熹尝与学者共讲琴法，其定律之法：十二律并用太史公九分寸法为准，损益相生，分十二律及五声，位置各定。"他懂琴法，也常听琴、弹琴，往往能领略到琴曲中的意境。

诗歌描绘了作者深夜听琴的场景。雨后的夜晚，清越响亮的琴声从窗外传来。夜深人静，琴声悠扬，其声顺着夜风飘散，其情也与玄夜一般绵长。在这样一个无眠的夜晚，只有琴声相伴，直到月落星沉、长夜将尽，琴声方止。诗歌从侧面展现出作者宁静、淡然的心境。

同为宋代著名理学家，林希逸以《无弦琴》阐释理学理念，而朱熹这首《又闻琴作》却纯然是一首闲适的听琴诗，以描绘深夜听琴的所闻、所感为主。可见朱熹并不以"琴"作为说理的工具，而将其作为怡情养性的艺术，并能体悟到琴声中的艺术审美性。

夜坐弹离骚 [1]

[元] 耶律楚材

一曲离骚一碗茶，个中 [2] 真味更何加。

香销 [3] 烛烬穹庐 [4] 冷，星斗阑干 [5] 山月斜。

【作者简介】

耶律楚材（119—1244 年），字晋卿，契丹人，号玉泉老人、湛然居士。后任蒙古太祖成吉思汗、太宗窝阔台汗时大臣，官至中书令。窝阔台死后，皇后称制，耶律楚材渐被疏远，因此抑郁而终，追封广宁王，谥号"文正"。有《湛然居士集》。

【注释】

[1] 离骚：古琴曲名。

[2] 个中：此中，其中。

[3] 香销：香炉熄灭。

[4] 穹庐：游牧民族居住的毡帐，其形状为中间隆起、四周下垂。

[5] 阑干：横斜的样子。

【简析】

耶律楚材是契丹人，这决定了他的琴诗不仅高雅，更有广阔、豪放的意境。诗歌前两句写弹琴的情景。作者一边弹奏《离骚》，一边品茶。琴曲《离骚》乃晚唐琴家陈康士所作，是根据屈原诗作《离骚》本意演变而来，可见其基调应当是较为悲愤、哀凄的。作者深夜弹奏此曲，以茶相佐，更能领略其中真味。

诗歌后两句转为写景。香销烛尽，夜已深沉，充满寒意，而在辽阔的草原极目远眺，可见空中星斗横斜、月悬天山。这两句景物描写刻画了茫茫草原辽阔浩瀚的景色。

与许多极力描绘琴声之"雅"的诗歌不同，这首诗的语言十分通俗直白，所用的"碗""个中"等，都是较为口语化的字或词；而诗中描绘的景色开阔，也展现出作者在弹奏琴曲《离骚》时，并不局限于其中的凄清、哀苦，而更能感受到屈原的苍凉悲壮，与汉族士人所作的听琴诗相比，别具一格。

送何志友抱琴远游

[元] 傅若金

客从东南来，辞我将远征[1]。

九州何辽邈，道路纵复横。

商飙[2]振长林，露气凄以清。

感此岁月变，念子将何行。

闻有太古[3]琴，鼓之南风[4]生。

一奏天地和，再奏万物成。

知音亦已寡，持此感人情。

愿言荐宗庙[5]，可以备咸英[6]。

【作者简介】

傅若金（1303—1342年），字与砺，一字汝砺，元代新喻官塘（今江西新余）人。少贫，发愤读书，刻苦自学。至顺三年（1332年）奉命参佐出使安南，归国后任广州路学教授。至正三年（1342年）因病逝世。有《傅与砺诗文集》传世。

【注释】

[1] 远征：远行。

[2] 商飙：秋风。《三国演义》："时当秋月，商飙徐起。"

[3] 太古：上古。

[4] 南风：古琴曲名。《礼记·乐记》："昔者舜作五弦之琴，以歌《南风》。"

[5] 宗庙：天子或诸侯祭祀祖先的场所。

[6] 咸英：尧乐《咸池》与帝喾乐《六英》的合称，泛指古乐。刘勰《文心雕龙·乐府》："自咸英以降，亦无得而论矣。"

【简析】

这是一首古体送别诗，诗歌表达了作者送别友人时的不舍与对琴声之雅正的感叹。

诗歌前半部分是写送别。首二句点名主旨，表明友人即将远行。随后四句是对远方环境的描写，天地辽阔，前路茫茫，秋风振林，露气凄清。季节的更替，无疑加重了对即将分别的友人的恋恋不舍。后半部分则转而抒发对琴的赞美之情，点名诗题中的"抱琴"。据《礼记·乐记》记载，"昔者舜作五弦之琴，以歌《南风》"。而《南风歌》则云："南风之薰兮，可以解吾民之愠兮；南风之时兮，可以阜吾民之财兮"，意为南风的和煦温暖可以解民之忧愁，也可以丰富民之财物，这就是作者所言的"一奏天地和，再奏万物成"。因此作者随后写道，在极为正式的场合也需要雅正的古乐以表其严肃雅正，对琴的教化作用极为赞美。

这首诗歌语言简朴醇厚，意蕴深远，颇有古诗十九首的韵味。

焦尾^[1]辞

[元] 杨维桢

焦尾器犹在，焦尾音无遗^[2]。

眷兹古人器，絙^[3]以今人丝。

纤手弄掩抑^[4]，类作箜篌^[5]悲。

赤城^[6]有佳士，今人古人师。

独作古先操^[7]，颀然如见之。

饮以化人酒，此味从谁知？

【作者简介】

杨维桢（1296—1370年），字廉夫，号铁崖、铁笛道人，又号铁心道人、铁冠道人、铁龙道人、梅花道人等，晚年自号老铁、抱遗老人、东维子，绍兴诸暨（今浙江诸暨）人。与陆居仁、钱惟善合称"元末三高士"。元泰定四年（1327年）登进士第，历任天台县尹、钱清盐场司令、建德路总管府推官等职。元末避乱居富春山，后迁居钱塘（今浙江杭州），隐居不出。有《春秋合题着说》《史义拾遗》《东维子文集》《铁崖古乐府》《丽则遗音》《复古诗集》等传世。

【注释】

[1] 焦尾：古代四大名琴之一。东汉名人蔡邕创制。《后汉书·蔡

邕传》："吴人有烧桐以爨者，邕闻火烈之声。知其良木，因请而裁为琴，果有美音，而其尾犹焦，故时人名曰焦尾。"

[2] 遗：留下。

[3] 絚（gēng）：古通"緪"，意为拧紧琴弦。

[4] 掩抑：弹奏弦乐器的指法，用指按抑琴弦，发声幽咽断续，如泣如诉。形容弹奏的曲调哀婉动人。王融《咏琵琶诗》："掩抑有奇态，凄锵多好声"。

[5] 箜篌：古乐器。

[6] 赤城：山名。在浙江省天台县北，为天台山南门。多用于称土石色赤而状如城堞的山。

[7] 操：琴曲。

【简析】

这首《焦尾辞》诗下有序曰："天台潘师古，以琴名东川。尝挟之游京道，遇余吴下，为余作古声数弄。时坐客皆宗新声，心鄙其淡钝。余谓师古不为王门伶人，新声不必宗也。为作《焦尾辞》。"诗歌名为赞赏焦尾琴之"焦尾辞"，实际上却是对弹奏者潘师古琴艺的夸赞，同时表达了对古曲的赞美、对新声的贬抑。

诗歌首先对潘师古所弹之琴表达了夸赞之意，所谓的"焦尾辞"实际上是"琴辞"，首句的"焦尾器犹在"亦指琴这一古乐器依然在流传，并非实指古琴焦尾。而后的"眷兹古人器，絚以今人丝"意为琴虽然是古人之乐器，但絚以今人之丝，弹奏以今人之手，纤手抹弄之间，琴声婉转、悲哀，似箜篌弹出的悲歌，动人心弦。根据诗序的内容，潘师古是天台人士，故诗中称"赤城有佳士"，而杨维桢曾任天台县尹，在音乐上又有一定造诣，有"铁笛道人"之称，与潘师古相交可谓是情理之中，"今人古人师"则将潘师古其名与其弹古琴一事结合在一起，一语双关，构思极为精巧。"独作古先操，顾然如见之。饮以化人酒，此味从谁知？"四句则是对潘师古弹奏古琴曲的称赞，诗序中说道，"时坐客皆宗新声，心鄙其淡钝。余谓师古不为王门伶人，新声不必宗也"，当时听琴的人都以新声为宗，故看不起潘师古所弹古琴曲的"淡钝"，唯有作者能领略其中之味，并认为潘师古无须追随潮流，追求新声。"饮以化人酒，此味从谁知？"两句中既有作者和潘师古在音乐理念与追求上的惺惺相惜，也有与坐中人格格不入的孤傲、清高。

诗歌为古体乐府诗的形式，与作者诗中表现出来的对古琴曲的追求较为统一，极具古意，韵味十足。

听姜客弹琴

[清] 鄂尔泰

初春多佳日，旭影照高林。

晓烟敛木末^[1]，暖意浮衣襟。

檐前有嘉树，枝上有鸣禽。

道人太古士，幽旨^[2]寄瑶琴。

元声^[3]随指下，和气散轻阴。

无须泛瀛海^[4]，已见成连^[5]心。

听者各有得，岂必求知音？

【作者简介】

鄂尔泰（1677—1745 年），满洲人，西林觉罗氏，字毅庵。康熙三十八年（1699 年）举人。雍正元年（1723 年）特擢江苏布政使。雍正三年（1725 年）迁广西巡抚。次年，提出"改土归流"之议。雍正六年，命总督云、贵、广西三省。雍正十年（1732 年）至京，任保和殿大学士，居内阁首辅地位。乾隆初年，授军机大臣，封三等伯，赐号襄勤。乾隆十年（1745 年）病逝，谥号"文端"。有《西林遗稿》传世。

【注释】

[1] 木末：树梢。

[2] 幽旨：深远幽微的意旨。

[3] 元声：指古乐十二律中的黄钟。古人定十二律以黄钟之管为基准，故称黄钟为元声。

[4] 瀛海：指浩瀚的大海。

[5] 成连：春秋时一位有名的琴师，伯牙之师。《乐府解题》："伯牙学琴于成连，三年不成，成连云：'吾师方子春今在东海中，能移人情。'与伯牙俱往，至蓬莱山，留伯牙曰：'子居习之，吾将迎之。'刺船而去，旬时不返，伯牙延望无人，但闻海水洞涌，山林杳冥，怆然叹曰：'先生移我情矣。'乃援琴而歌，曰作《水仙》之操，曲终，成连回，刺船迎之而还，伯牙遂为天下之妙矣。"

【简析】

诗歌前半部分着意描写了初春的美景。旭日初升，晨雾未散，暖意袭人，而嘉树新绿，鸟鸣啾啾，一派生机盎然的景象。在这样惬意的氛围中，听道人姜客弹奏，琴声中似有深妙幽微的蕴意。琴声随指而起，与空气中暖意盎然的氛围融而为一，可见姜客的琴艺已经到了出神入化的程度，可与自然相调和，在琴声中感受自然之理。姜客无须像伯牙那样远渡东海，亦可领会到其师的良苦用心。据《乐府解题》中的记载，成连为让伯牙领会"海水洞涌，山林杳冥"的自然之意，留伯牙独居东海，而姜客已然在这春日的氛围中领会到其意境了。诗歌末二句则表达了听者各有所得，并不是非求知音不可的观点，伯牙、子期的知音之交千古传诵，而作者却反其道行之，认为只要听琴者各有所得即可，观点独到。

弹 琴

[清] 张 梁

偶坐藤萝下，挥手弄素琴。

我琴不悦耳，能作淡泊^[1]音。

本非求人知，我自写我心。

钟期^[2]既已亡，成连^[3]谁能寻？

岂徒桑与濮^[4]，六代趋荒淫。

时世有升降^[5]，性情无古今。

抚兹枯桐枝^[6]，欲辨口若喑^[7]。

罢琴人寂然，明月窥疏阴。

【作者简介】

张梁（1657—1739年），字大木，一字奕山，小号幻花居士。江南娄县（今上海松江）人。康熙五十二年（1713年）进士，任武英殿纂修官。后辞官归隐，绝意仕进。有《淡吟楼诗钞》《幻花庵词钞》。

【注释】

[1] 淡泊：恬淡寡味。

[2] 钟期：钟子期。

[3] 成连：春秋时一位有名的琴师，伯牙之师。

[4] 桑与濮：《礼记·乐记》："桑间濮上之音，亡国之音也。"

[5] 升降：前进与后退。

[6] 枯桐枝：指琴。古人常用枯桐木制琴。

[7] 喑（yīn）：哑，不能说话。

【简析】

　　诗歌描写作者偶坐弹琴的怡然自得，自有一番闲适、悠远的韵味。

　　作者偶坐藤萝下，挥手弹琴，琴虽素雅无饰，琴音也并不悦耳，只能奏出恬淡寡味的乐曲，但诗人弹琴，并不为求人了解自己的琴音，而是抒发自己内心的感受。更何况钟子期这样的知己、成连这样的老师，如今早已无处可寻了。时世黑暗，只有自己的性情与古人一样没有变化，然而自己抚琴弹奏，欲辩无言。弹毕一曲，夜深人静，只余树荫间的月光相伴。"明月窥疏阴"中的"窥"字用得极妙，将月光的灵动刻画得淋漓尽致，更是"动中有静"，以明月的拟人化营造出宁静、幽深的氛围，与琴声之恬淡素雅、诗人之出尘脱俗相得益彰。

抱琴歌[1]

[清] 王士禛

峄阳之桐[2]何牂牂[3]，纬以五弦发清商[4]。

一弹再鼓仪凤凰[5]，凤凰不来兮我心悲。

抱琴而死兮当告谁？吁嗟[6]琴兮当知之。

【作者简介】

王士禛（1634—1711年），原名王士禛，字子真，一字贻上，号阮亭，又号渔洋山人，世称"王渔洋"，山东新城（今山东桓台）人。清顺治十五年（1658年）进士，历官扬州推官、翰林院侍讲等职，官至刑部尚书。康熙四十三年（1704年）罢官回乡，康熙五十年（1711年）于家乡逝世，谥号"文简"。

【注释】

[1] 抱琴歌: 原诗题下有小注"为邝露作"。邝露，明末诗人，字湛若。《竹垞诗话》写道："湛若，工诸体书。蓄二琴，一曰南风，宋理宗宫中物；一曰绿绮台，唐武德年制，明康陵御前所弹也。出入必与二琴俱。广州城破，湛若抱琴死。"

[2] 峄阳之桐: 指制作精良的琴。

[3] 牂（zāng）牂: 茂盛的样子。

[4] 清商：即清商乐，又称清商曲。

[5] 仪凤凰：凤凰来仪，为吉祥之兆。《尚书·益稷》："《箫韶》九成，凤凰来仪。"

[6] 吁嗟：感叹词。

【简析】

诗歌以琴喻人，歌颂了邝露抱琴而死的气节。

邝露"出入必与二琴俱"，因此作者以其琴喻其人，首句"峄阳之桐何祥祥"即以桐木之孤立喻邝露之品行高洁；"一弹再鼓仪凤凰"则表达了邝露期待吉祥之兆的家国情怀；诗歌末二句的"抱琴而死兮当告谁？吁嗟琴兮当知之"则将邝露抱琴而死的悲壮情操描绘得更加淋漓尽致。为"凤凰不来"而悲，实际上是为家国之乱而悲；"抱琴而死"实际上是为家国之恨而死。然而这以身殉国的悲痛却无人可诉，也无人理解，只有怀中之琴，方是知己。诗歌将琴的孤高品格与邝露的气节巧妙地结合起来。

王士祯生于明崇祯七年（1634 年），明清易代之际，他年龄尚小，但邝露以身殉国的悲壮故事无疑在王士祯的内心引起了极大的震撼，这首《抱琴歌》作得感情充沛，高古非常，极具艺术感染力。

弹 琴

[明] 倪仁吉

梨花小院舞风轻，谩理[1]冰丝[2]入太清[3]。

一片梧桐[4]心未死，至今犹发断肠声。

【作者简介】

倪仁吉（1607—1685 年），字心蕙，自号凝香子，浙江浦江（今浙江兰溪）人，明末女诗人。其父倪尚忠，字世卿，明万历年间进士。倪仁吉年十七为邻县义乌吴之艺之妻，年二十即守寡，孀居抚育子侄三人。在诗书画上颇有造诣，有《凝香阁诗集》《山居杂咏》等。

【注释】

[1] 谩（màn）理：即慢理。缓慢弹奏之意。

[2] 冰丝：指琴弦。

[3] 太清：即太空。

[4] 梧桐：古琴之琴身多为梧桐所制。

【简析】

倪仁吉早年孀居，后常年以琴棋书画相伴，这首诗正是记录了其弹琴时的感触。

　　诗歌首先对弹琴的环境进行了描写，梨花盛放的小院中，微风轻拂，一片和煦、宁静。作者独自弹琴，琴声回荡，如入太清。听着悠扬的琴声，作者不禁有所感悟：桐木即使已被制成古琴，但其心未死，至今仍能发出令人肝肠寸断的声音。"一片梧桐心未死，至今犹发断肠声"名为咏物，实为抒情。作者年二十即孀居，正如制琴之桐一样，形容枯槁然心犹未死，内心仍有悲痛之感。表现出作者虽然孀居多年，但依然对生活怀揣希望，充满力量。

　　这首诗歌语言清新，闲雅自然，悲伤中透露出乐观之感，有丰富的韵味。

参考书目

[1] 杜兴梅，杜运通评注．中国古代音乐文学精品评注 [M]．北京：线装书局, 2011．

[2] 吴钊，伊鸿书，赵宽仁等编．中国古代乐论选辑 [M]．北京：人民音乐出版社, 2011．

[3] 鲁文忠选注．中国古代音乐诗200首 [M]．上海：上海音乐出版社, 1993．

[4] 张艳辉选注．中国琴学研究丛书 中国历代琴诗品鉴 [M]．北京：人民音乐出版社, 2021．

图书在版编目（CIP）数据

琴吟：古琴诗词鉴赏 / 林郁，陈晓编著 . -- 重庆：
重庆大学出版社，2022.8
ISBN 978-7-5689-3420-6

Ⅰ. ①琴… Ⅱ. ①林… ②陈… Ⅲ. ①古典诗词—鉴
赏—中国 Ⅳ. ① I207.2

中国版本图书馆 CIP 数据核字（2022）第 114865 号

琴吟：古琴诗词鉴赏
QINYIN: GUQIN SHICI JIANSHANG
林 郁 陈 晓 编著

责任编辑：侯慧贤
责任校对：谢 芳
责任印制：张 策
书籍设计： DESIGN

重庆大学出版社出版发行
出版人：饶帮华
社址：重庆市沙坪坝区大学城西路 21 号
网址：http://www.cqup.com.cn
印刷：重庆俊蒲印务有限公司

开本：700mm×1000mm 1/16 印张：9 字数：123 千
2022 年 8 月第 1 版 2022 年 8 月第 1 次印刷
ISBN 978-7-5689-3420-6 定价：38.00 元